WS
ウェッジ選書

源氏物語

におう、よそおう、いのる

藤原克己
三田村雅子
日向一雅

ウェッジ

第一章より、
五十日の祝いの場面、
源氏物語絵巻 柏木

第三章より、車争いの場面、源氏物語葵（車争）図屏風

第二章より、
衣配りの場面、
源氏物語絵色紙帖　玉鬘

源氏物語

におう、よそおう、いのる

もくじ

【第三章】 信仰と祭り、祈りと救済　日向一雅……一五五

『源氏物語』の世界へ——

佐々木和歌子

◉物語作者・紫式部

十一世紀の日本に現れ、二十一世紀に入ってもなお読み継がれる『源氏物語』は、平安王朝を舞台に描かれる五十四巻の長編物語である。同じ平安時代に創られたそれまでの「物語」は、『竹取物語』や『宇津保物語』のような男性の手になる奇譚ものや『伊勢物語』のような歌物語が主であったのに対し、『源氏物語』は紫式部という女性による、人間の生きようを描いた小説である。

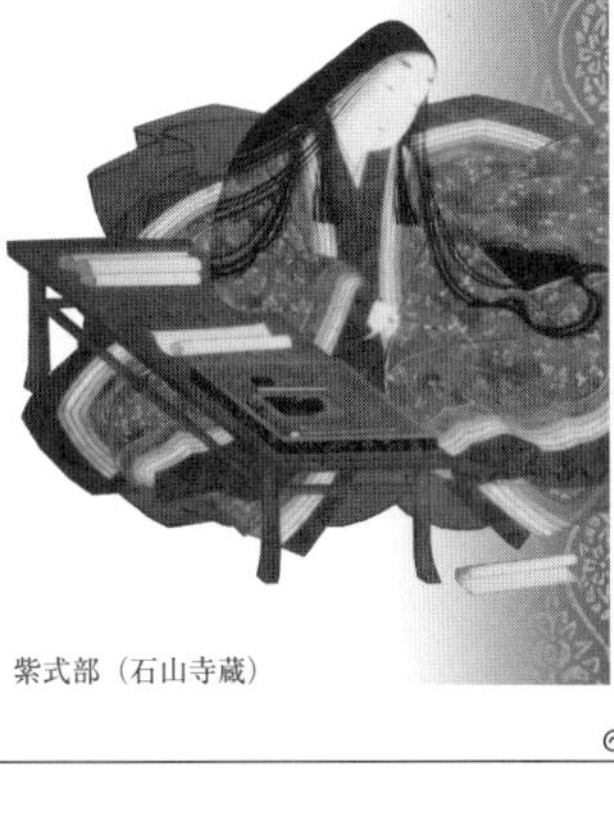
紫式部（石山寺蔵）

若紫、紅葉賀、花宴、花散里……美しい名をもつ各巻には日本の四季が織りなすこまやかな情景が描かれつつも、主人公・光源氏の一生を通して、恋の喜びと哀しみ、人生の明暗、信仰への希求など、奥深い心の内面が描き出されている。同時代のアンソロジー『古今和歌集』で創り出された自然美の表現に、逃れようのない宿業をもつ人間の暗部をつる草のように絡めさせる手法は、それまでに例を見ない高次で複雑なものへと物語を昇華させ、熱狂的な読者を後世にまで獲得している。

なぜ紫式部はこの物語の筆を執ったのだろうか。単に、主な享受者である女性たちの好奇心をくすぐる娯楽としての物語を描きたかっただけだろうか。彼女は「蛍」巻の光源氏の言葉を通して、「物語」観を次のように語る。

「世を過ごす人々のありさまを、見ているだけでは飽きたらず、聞くだけでそのままにしておきたくない、そんな後世にも伝えたいことを、心に籠めておくことはできなくて言い置いたのが物語なのです」

心に籠めがたくて――というのは、紫式部にとって「人間」のありようであり、それは紫式部の眼に映るもの、耳に入るものであり、自分の内部からわきあがる心の綾でもあった。それらをじっくりと見極める眼と、表現する筆を持ち得たことは、彼女がつづった『紫式部日記』を見ても明らかである。自ら仕える中宮彰子の身辺を正確に記録しつつ、深い洞察から浮かび上がる人物批評なども同時に記している。

紫式部は身のうちからあふれるものを、壮大な物語構成と豊かな人物造型にちりばめ、まるで縫い物に思いを込めていくように、ひとふで、またひとふでと綴っていった。

紫式部の文才は、その血脈と環境に求め

られる。彼女の父の藤原為時《ためとき》は藤原家でも傍流の生まれで、式部大丞《しきぶのだいじょう》、越前守《えちぜんのかみ》、左少弁《さしょうべん》、越後守《えちごのかみ》などを歴任しているが、長い散位時代もあり、順調な官途をたどったとは言えない。しかし文章生《もんじょうしょう》出身で詩文に長け、優れた漢詩を残している。式部は兄弟とともに漢籍の英才教育をこの父から施される。女性にとって実用的ではないものの、物語作者にとっては作品に厚みをもたせるために不可欠な素養だった。

また式部の家が受領《ずりょう》階級であったことも、物語作者の誕生を後押しした。式部を始め、清少納言《せいしょうなごん》や和泉式部《いずみしきぶ》、菅原孝標《すがわらのたかすえの》女《むすめ》など、平安朝の女流文学の担い手を次々と生み出した受領の家は、経済的余裕にくわえて自由な気風があり、個性や才能を発揮できる環境を備えていた。また任地との往還で見聞きした多様な世界は、彼女たちの創造力の一助となった。式部も二十四歳ごろに父の任国・越前へ旅立っている。この旅の成果は『源氏物語』における表現豊かな地方描写からも想像できよう。

越前での生活を一年あまりできりあげて式部ひとりが都へ戻ったのは、藤原宣孝《のぶたか》との結婚のためだと考えられている。当時としては晩婚であり、夫はさらに二十歳近く年上だった。のちに大弐三位《だいにのさんみ》と称される女子を一人もうけ、幸せに見えた結婚生活も、宣孝の死によってわずか二年余で終止符が打たれる。式部は、心に従わぬ我が身の上を嘆いた。

数ならぬ心に身をばまかせねど身にしたがふは心なりけり（『紫式部集』）

こうした絶望の中で式部の内省は深ま

り、この頃から『源氏物語』の筆は起こされたと思われる。

寛弘二年（一〇〇五）ごろ、式部は時の権勢・藤原道長の娘である中宮彰子に出仕する。三十歳を過ぎていた式部はすでに『源氏物語』作者として広く知られており、彰子の後宮をもり立てる教養人として道長に望まれたようだ。父・為時が式部丞をしていたことから「藤式部」と呼ばれる。彼女はその職掌として『紫式部日記』のような記録を付け、中宮に『白氏文集《はくしもんじゅう》』を進講している。

『日記』の寛弘五年（一〇〇八）十一月一日の記事には、敦成《あつひら》親王の御五十日《いか》の祝宴の日に藤原公任《きんとう》とおぼしき人が式部に「あなかしこ、このわたりに、わかむらさきやさぶらふ」――失礼ですが、このあたりに若紫はおいででしょうか、と声をかける。『源氏物語』の「若紫」巻が、この時点で公任のような知識階級にまで読まれていたことがわかる重要な記事である。宮仕えを心憂く思っていた式部は里居がちではあったものの、道長から物語のための紙や筆、墨も与えられ、『源氏物語』はさらに書き続けられていったようだ。全編五十四巻が完成したのは寛弘七年（一〇一〇）以降と考えられている。

『源氏物語』は光源氏の青春と栄光を描く第一部（桐壺～藤裏葉《ふじのうらば》）と、人生の陰りと孤愁を描く第二部（若菜上～幻）、そして光源氏死後の世界を生きる人々の苦悩を描いた第三部（匂兵部卿《におうひょうぶきょう》～夢浮橋《ゆめのうきはし》）に分けることができる。

物語の前半は光源氏の超人性や霊異奇譚などが多く描かれているが、後半では独白や心理描写が増え、終末へ向かう「宇治十帖」（橋姫～夢浮橋）では、宿業に抗えない人間の性《さが》と、そこから生まれる信仰へのまなざしが描かれる。それは娯楽としての物語からは遠く隔たった、普遍的な人間省察の記録だった。紫式部がそうせずにはいられなかった『源氏物語』の執筆は、ひょっとして紫式部が息をするための手段であったのでは、とさえ思われるのである。

　この『源氏物語』世界への追慕と共感は、千年を超えた。それは洗練された美意識へのあこがれはもとより、私たち「人間」が読む「人間」の物語であったためだろう。

◉光源氏の誕生

物語は光源氏の両親である桐壺帝と桐壺更衣との悲恋を描く「桐壺」巻から始まる。

　母の桐壺更衣は、亡き父・按察《あぜち》大納言の遺言のために、はかばかしい後見もないまま桐壺帝の後宮に入った。高くない身分にかかわらず、世の乱れを危ぶまれるほど帝の愛は深く、多くの女御・更衣たちの嫉妬を一身に受ける。なかでもすでに第一皇子をもうけた右大臣家の弘徽殿《こきでん》女御の睨みは強く、さまざまな嫌がらせを受けるなかで桐壺更衣は命の炎を弱まらせていく。

　やがて更衣は玉のような皇子を産み落とした。光源氏である。帝からまばゆいほどの愛情を注がれ、三歳の袴着《はかまぎ》の儀も盛大に行われた年、更衣は世を去った。桐壺帝の深い哀しみが続くなかでも光源氏はすくよかに生い育ち、たぐいまれな美貌と、天与の聡明さで内裏に輝きわたる。

あるとき高麗人《こまうど》の使節が都に入り、その中に優れた人相見がいた。桐壺帝の命で、右大弁が我が子と偽って光源氏を連れて行くと、人相見は首を傾けながら、「帝王の相が見られますが、そうなれば乱憂のおそれがあります。天下を補佐する臣下となっても、その器ではおさまらないようです」と告げる。この予知は、光源氏がやがて王権を獲得していく物語の命題が示されるところとして注目される場面である。桐壺帝は、後ろだてのない親王として埋もれさせるより、その才覚を生かすことのできる臣下とすることに決め、愛しい皇子に一世の源氏姓を賜った。

桐壺更衣のことが忘れられない帝は、更衣によく似るという先帝の四宮・藤壺を後宮に迎える。更衣のおもかげを慕うのは、子の光源氏も同じ。源氏と藤壺は折々の風情にことよせて睦び合い、人々は二人を「光る君」「かがやく日の宮」と称して讃えた。

十二歳になって元服を迎えた光源氏は、左大臣の内親王腹の姫君と結婚する。正妻となった四歳年上の葵の上は気高く美しい姫君であったものの、源氏の心は父の后である藤壺への思慕で満たされていた。幼い恋ごころは激しい熱情へと変わり、青春期の源氏を苦しめることになる。

◉若き日の光源氏

十七歳になった光源氏は、藤壺への思いを秘めつつ、数々の恋を重ねてゆく。

「帚木《ははきぎ》」巻は、貴公子たちが女性談義に花を咲かせる「雨夜の品定め」の場面から始まる。雨の降るしめやかな宵、宮中の源氏の宿直所《とのいどころ》には、葵の上の兄で源氏のよきライバルである頭中将《とうのちゅうじょう》と、左馬頭《ひだりのうまのかみ》、藤式部丞《とうしきぶのじょう》が集まっていた。彼らは話題の向くままに女性論をくりひろげ、上・中・下の三階級に分けたうち、中流の女性に魅力的な人が多い、などと語り合う。やがてそれぞれがこれまで出会った女性について語りだし、源氏はいねむりをしているふりをしながらも、さまざまな女性像に興味深く耳を傾け、今さらながら藤壺のたぐいまれな魅力を思い知るのである。

このの ち源氏は方違《かたたが》えで赴いた紀伊守《きのかみ》邸で、中流階級の女性「空蝉《うつせみ》」と出会う。かつては上流であったのが落ちぶれて、老齢の受領の妻となった彼女は、一度は源氏に身を許してしまうものの、その後かたくなに拒否し、寝所に押し入った源氏に対し、身にまとった小袿《こうちき》を蝉の抜け殻のようにすべり落として去ってゆく。源氏がその残り香にくるまって眠ったことは本書第一章「匂い——生きることの深さへ」に詳しい。

続く「夕顔」巻では、源氏は従者である惟光《これみつ》の母（源氏の乳母）のお見舞いに五条を訪ね、たまたま隣家の女性と夕顔の花をめぐる歌を交わす。女は「夕顔」と称され、二人は素性を明かし合うことなく恋におぼれる。八月十五夜を明かした翌朝、源氏は騒がしい五条の家を出て、某《なにがし》の院という廃屋に夕顔を連れ出した。ところが不気味な闇の中で物の怪に襲われ、夕顔ははかなく息絶えてしまう。

葬送ののちに侍女・右近に素性を問うたところ、夕顔の正体は「雨夜の品定め」の際に頭中将が内気でおとなしすぎる例として語った女性であり、二人の間には女児も生まれていたが、正妻の嫉妬をおそれて市中に隠れ住んでいたという。この女児は「玉鬘《たまかづら》」としてのちの物語に登場する（本書第二章「〈衣〉――染める、縫う、送る」参照）。

「若紫」巻で十八歳の春を迎えた源氏は、瘧病《わらわやみ》（マラリアの一種）に悩んで加持祈祷のために北山の寺に赴く。ここで源氏は藤壺によく似た少女を見つけた。似ているのもそのはず、この少女は藤壺の兄の兵部《ひょうぶ》卿宮《きょうのみや》の、外腹の姫君だった。少女の母はすでに亡く、その祖母が北山の僧都《そうず》の妹であったために、この北山の地で暮らしているのだった。のちに「紫の上」と称される愛らしい少女は、このときまだ十歳。さしもの源氏も妻としてではなく、育ての親としてひきとりたいと考える。

そのころ、藤壺は病のために里邸に退出していた。胸おどらせた源氏は藤壺の侍女・王命婦《おうみょうぶ》を責めたてて、ついに逢瀬を交わす。会えないころよりもつらくせつない思いに苦しむ二人は、やがて懐妊を知る。逃れられない宿命に源氏も藤壺もただおののくばかりだった。

「紅葉賀」巻では、桐壺帝が先帝の住まう朱雀《すざく》院への行幸に先んじて、舞楽のリハーサル「試楽」を行う。秋の入り日の荘厳な残照のなか、源氏と頭中将によって舞われる青海波《せいがいは》は神も魅入りそうなほど美しく、人々は涙さえ落とした。まして藤壺は源氏を愛おしいと思うほどにいよいよ苦悩がまさり、やがて桐壺帝の第十皇子を生み落とす。罪の子、のちの冷泉《れいぜい》帝である。

一方、北山の紫の上は強引に源氏の邸宅である二条院に引き取られ、こまやかな愛情を注がれていた。そのために源氏は正妻の葵の上からはいっそう遠ざかり、帝にも戒められる。

「葵」巻では桐壺帝が譲位し、弘徽殿腹の朱雀帝が即位、実は源氏の子である若宮が東宮に立ち、源氏はその後見役になる。帝の戒めが効いたのか、葵の上は懐妊していた。そんな折、賀茂社の例祭である賀茂祭（葵祭）が催行される。それに先んじて、神に仕える斎院が賀茂川に禊ぎをする「御禊《ごけい》」が行われる（賀茂祭については本書第三章「信仰と祭り・祈りと救済」参照）。このたびの御禊の行列には源氏が加わるため、一目見ようと見物客が都大路にあふれ、葵の上も身重ながらに出向いた。左大臣の姫君であり源氏の正妻ということから従者たちも傲岸不遜、他の車を蹴散らして無理に車を止める。奥へ追いやられた車に乗っていたのは、源氏の恋人の一人、六条御息所《みやすどころ》。彼女は前東宮の未亡人であり、高い教養と美意識をもって知られていたが、源氏よりも年長で気位も高く、気詰まりに思う源氏の足は遠のくようになっていた。六条御息所は娘が伊勢の斎宮に定められたのを機に、いっそ共に伊勢に去ろうかと思い悩んでいたところ、このような屈辱を受けたのだった。矜恃の高い彼女の魂は、ふっと遊離する。その生き霊は臨月を迎えた葵の上を襲い、果てにはとり殺してしまった。これは源氏の知るところとなり、もうその愛を取り返すことはできないと知った御息所は、伊勢下向を決意する。「賢木《さかき》」巻では潔斎のために嵯峨の野宮に入った御息所を、源氏が訪ねる場面が描かれる（斎宮の伊勢下向については本書第三章参照）。晩秋の暮れ方、虫の音すだく嵯峨野の秋草を踏み分けて神さびた野宮へ向かう情景はあまりに美しい。

少し話は戻って、藤壺との逢瀬をとげる

前後、源氏は若さのままに頭中将と競って、姿の醜い末摘花《すえつむはな》、老いてなお色好みな源典侍《げんのないしのすけ》などを相手に、笑いをさそうような恋愛譚をくりひろげる。その中で、「花宴」巻で契った朧月夜は、源氏にとって危険な恋の相手だった。朧月夜は右大臣の六の君で、かの弘徽殿女御の妹。朱雀帝への入内も決まっている女性だった。

「賢木」巻で桐壺院は崩御し、右大臣家の権勢が強まるなか、藤壺は東宮の地位を守るために出家し、源氏の思いを断ち切る。一方源氏は鬱屈した時勢のなかで相変わらず敵方の姫である朧月夜のもとに通い、それを知った弘徽殿の皇太后は怒りのままに源氏失脚をもくろむ。

ままならない時局に、源氏は自ら摂津国・須磨へ退去することを決めた。桐壺帝の庇護の下で思うままに生きてきた源氏の、初めての挫折である。しかし物語構成における源氏の須磨退去は、尊い人が遠くさすらって生きる「貴種流離譚」と言われる古来の物語の定型であり、源氏の人生を構築するうえで必要な旅路であった。

「須磨」巻の源氏はいつ終わるとも知れぬ禁欲生活のうえに、天変地異にも見舞われる。大嵐が止んだ夜、絶望を深める源氏の夢枕に桐壺院が現れ、住吉の神の導きに従ってこの須磨を去れ、という。夢のお告げどおり、翌日「明石の入道」という僧が現れ、源氏を須磨より少し先の、明石の浦に迎え入れた。

かつて近衛中将《このえちゅうじょう》まで上ったこの入道はかの桐壺更衣のいとこに当たり、官位を捨てて受領として財を蓄え、ひとり娘を高貴な人に嫁がせて一族を再興しようという大望があった。源氏はその意を受けて、娘・明石の君と契る。この女性は都人に劣らない品性と美しさを備えていたが、源氏を愛すれば愛するほど「身のほど」を思い知って憂いに沈む。

そのころ都では右大臣が死に、朱雀帝は夢枕に立った桐壺院に睨まれて眼を病み、弘徽殿の皇太后も病に伏せていた。天意を悟った朱雀帝は源氏の召還を決める。折しも身籠もった明石の君を浦において、源氏は都へと上った。

◉六条院の栄華

源氏が帰還した「澪標《みおつくし》」巻では、朱雀帝が退位し、十一歳の冷泉帝が即位、源氏は内大臣となって政界に返り咲いた。二十九歳のことである。明石の君が女児を出産したという報を受けて、源氏は宿曜《すくよう》という星占いを思い出す。「子供は三人。帝と皇后が必ず並んで生まれるでしょう。そのうち低いお方でも位人臣を極めるでしょう」。――公言はできないものの、確かに我が息子・冷泉帝は即位した。となれば、明石の姫君は皇后となるさだめであろう――。源氏は須磨に流れてから娘が生まれるまでの数奇な経緯を住吉の神の思し召しと考え、願解きのために住吉大社に参詣する。この盛儀については本書第三章に詳しい。そこには偶然にも明石の君の一行が同じく願解きのために詣でていた。入道もまた長年にわたって住吉の神に娘の結婚を祈り、それが叶ったためである。しかし源氏一行の威勢に圧倒され、あらためて明石の君は「身のほど」に打ちのめされる。

「松風」巻で源氏はしぶる明石の君に上京をうながし、嵯峨野の大堰《おおい》川沿いの邸宅に住まわせる。三年ぶりの再会だった。しかし源氏は、いずれ姫君を後宮に入れるとなれば母親の身分の低さが支障になると考え、姫君を紫の上の養女にすることを提案する。明石の君は身のひき裂かれる思いであったが、姫君の将来を思い、紫の上に愛しい幼な児を託した。

続く「薄雲」巻では天変地異がうち続き、太政大臣（もとの左大臣・葵の上の父）が亡くなり、つづいて最愛の藤壺も三十七歳で崩御する。宮中が墨色に染まるなか、源氏は人に見られぬように泣き暮らすほかなかった。

しかし法要が一段落すると、藤壺の加持僧が冷泉帝に出生の秘密をもらしてしまった。天変地異などは天子の不徳によるものという思想があったため、このたびの天変も実の父を知らない冷泉帝の不孝によると僧は考えたのである。思い乱れる冷泉帝は源氏に譲位を持ちかけるが、源氏は固辞するよりなかった。

「少女《おとめ》」巻では源氏と葵の上の間に生まれた夕霧の物語が描かれる。母方の左大臣家で育った夕霧は十二歳で元服していた。時勢に流されて須磨・明石をさまよった経験を持つ源氏は夕霧をあえて六位にとどめて大学寮に入学させ、学問や政道において自立できる力を身につけさせようとした。一方で彼は内大臣（元頭中将）の姫君で幼なじみの雲居の雁と相愛の仲にあった。しかし、ゆくゆくは雲居の雁を入内させたいと考える内大臣は二人の仲を引き裂いてしまう。失意の夕霧に、源氏は自ら世話をする女人たちのなかで気だてのよい花散里を世話役として紹介する。

太政大臣となっていた源氏は、かねてか

ら構想のあった六条院という邸宅の造営に着手する。できあがったのは、四季のそれぞれの美しさを十分に堪能することができる四つの町をそなえた大邸宅である。場所は六条御息所の旧地を含んでいた。御息所は源氏が明石から帰ってすぐに病に倒れ、娘の前斎宮の後見を源氏に託して息をひきとっていた。源氏は前斎宮を養女として迎えて冷泉帝に入内させたため、前斎宮は「秋好《あきこのむ》中宮」として今をときめいている。彼女に六条院の「秋の町」を里邸として与え、春の町には紫の上を、夏の町には花散里、少し遅れて冬の町には明石の君を住まわせた。

　一方で、源氏はいまだ青春の悔いとして夕顔のおもかげを忘れられずにいる。「玉鬘」巻からは、かつての頭中将と夕顔の間に生まれた玉鬘の物語が始まる。

　母である夕顔が突如行方知れずとなった幼子の玉鬘は、乳母一家とともに太宰府に下っていた。清らかな美貌をそなえて成長するにつれて、一家はいつか姫を京にお戻ししたいと願う。二十歳の折に豪族・大夫監《たいふのげん》にしつこく求婚されたのを機に、乳母の長男らとともに北九州を脱出、ついに京へ上る。しかしあてどない旅の一行は窮乏し、観音の霊験を求めて、奈良の長谷寺《はせでら》に赴いた。

　そこで彼らは観音の力を目の当たりにする。かつて夕顔とともに行方不明になっていた侍女の右近と出会ったのである。右近はいま源氏に仕えており、遺児・玉鬘との再会を祈って長谷詣でを繰り返していた。再会を喜ぶ右近の導きで玉鬘は極楽もかくやというような六条院へ養女として迎えられる。長谷寺ではやつれていた玉鬘も、源氏のもとで衣装とともに華やかになっていく様子は、本書第二章で紹介している。「胡蝶《こちょう》」巻では、玉鬘の噂に関心を寄せる貴公子たちが六条院に近づき、中年の源氏はそれを見て楽しんでいる。夕霧をはじめ、内大臣の長男である柏木も実の姉と知らず言い寄る。なかでも熱心なのは蛍兵《ほたるひょう》部卿《ぶきょう》宮と髭黒《ひげぐろ》の大将。しかし養父の源氏自身も危ない恋をする癖が抜けず、玉鬘に惹かれてゆく。短い巻ながら「篝火《かがりび》」巻には、篝火の炎の中に妖しくゆらめく養父と養女の添い寝姿が描かれる。

しかし政治家としての源氏は、玉鬘を尚侍《ないしのかみ》として冷泉帝に出仕させることを決めた。玉鬘の存在を実父の内大臣に打ち明け、裳着《もぎ》の儀の腰結役を依頼する。万事うまくいくかに思われた。が、出仕直前に玉鬘は「髭だらけの顔」と嫌った髭黒の大将に体を奪われてしまった。呆然とする源氏であったが、将来は有望である髭黒を婿として迎えるほかなかった。髭黒の北の方は嫉妬のあまり錯乱を起こし、一家は離散する。あまりの悲壮な状況に玉鬘は涙にくれるばかりであったが、やがて残された髭黒の子供たちにもなつかれ、自らも男児を出産、髭黒大将家の主婦として確かな足どりで歩き始める。

「梅ヶ枝《うめがえ》」巻では紫の上のもとですくすくと育った明石の姫君がいよいよ東宮へ入内することになる。裳着の儀に先んじて、源氏は薫物《たきもの》合わせを主催する。六条院の女性たちの個性を表す調合の妙などは本書第一章に詳しい。

第一部最後の「藤裏葉《ふじのうらは》」巻では、物語が一つの大団円を迎える。夕霧はついに雲居の雁との結婚を許され、七年の歳月をかけた恋が成就する。また明石の姫君の入内に際して、源氏は実母である明石の君を姫の後見役に推挙したため、親子は再びともに暮らせるようになる。

そして源氏自身、準太上天皇に上り詰めた。この位は本来、退位した帝に与える「太上天皇」に準じるもので、臣下に叙されることは例になく、物語の最初にあった源氏の「帝王の相」はここで符合するのである。

秋には冷泉帝が朱雀院とともに源氏の六条院に行幸し、まばゆいほどの盛儀となった。これ以上望むべくもない境地に立った源氏は、かねてから心にあった出家への思いをひそかに強める。

◉光の世界にさす影

「若菜上」巻から始まる第二部の冒頭では、六条院への華やかな御幸の後に病がちとなった朱雀院の苦悩がせつせつと語られ出す。院は出家を考えるものの、ことさら慈しんできた娘・女三の宮の行く末が唯一の気がかりであった。母を亡くして後ろだてのない彼女が生涯頼ることのできる夫として、朱雀院は源氏に白羽の矢を立てる。源氏はすでに三十九歳、生涯の伴侶である紫の上との信頼関係に今さら波風たてることも心憂く、一度は断った。しかし女三の宮の母・藤壺の女御が亡き藤壺の妹宮であることに、ふと心がざわめいた。あのおもかげを引き継いでいるのではないか……源氏は降嫁を承諾してしまった。

六条院へ入った女三の宮は、ただただあどけないだけの姫君だった。源氏の落胆をよそに、紫の上の心痛と孤愁は深まる。事実上は源氏の正妻として扱われてきたものの、盗み出されるように源氏に迎えられた彼女にとって、頼るものは源氏の愛情だひとつ。そこに自分より若く高貴な身分の女性が正式に降嫁してくることは、立っている足場が崩れ落ちるような気持ちだった。源氏が同じ邸内に住む女三の宮のもとに泊まる夜、紫の上が味わった苦しみは本書第一章に記される。

女三の宮は、光かがやく六条院にさした一筋の暗い影だった。彼女は六条院での蹴《け》鞠《まり》の催しで、うかつにもその立ち姿を柏木に垣間見られてしまう。柏木はもともと女三の宮との結婚を熱心に働きかけていたのであり、源氏への降嫁後もあきらめかねていた。春の夕闇のなかで、柏木の心は大きく乱れる。続く「若菜下」巻で女三の宮の侍女・小侍従《こじじゅう》に手引きさせ、強引に宮と契りを結んでしまった。

それぞれの心の闇が深まるのに対し、六条院の政治的な栄光は続く。源氏の娘・明石の女御は東宮との間に男児を出産した。その報を受けた明石の入道は、長年の宿願が叶ったと信じ、山の奥深くへと姿を消す。やがて冷泉帝が退位して東宮が即位し(今上帝)、明石の女御が生んだ第一皇子が新しく東宮に立った。入道の宿念どおり、明石一族から国母《こくも》と帝が立つことが約束されたのである。源氏はその願解きのために、紫の上や明石の女御をひきつれて住吉詣でを行った。

盛大な参詣ののち、心弱りする紫の上に六条御息所の死霊がとりつき、瀕死の状態に陥る。からくも命をとどめて小康を保っているころ、女三の宮が懐妊。不審に思う源氏は、宮にあてた柏木の恋文を発見してしまった。事実を知った源氏は柏木に冷酷な態度をとり、彼を病床に追いやる。「柏木」巻で女三の宮は世にも美しい男児を産み落とす。自分の子ではない「薫」を抱く源氏。かつて藤壺とともに犯した自分の罪を重ね見て、我が業の深さに慄然とする。その罪意識については本書第三章に記される。

女三の宮は犯した罪のあまり、出家をとげてしまった。それを知った柏木は哀しみの淵のなかで息をひきとり、人々にただ苦しみだけを残した恋は終わった。

続く「夕霧」巻では、夕霧が亡き柏木の妻である女二の宮(落葉の宮)を世話するうちに彼女に惹かれ、なかば強引に結ばれる。そのために夕霧もまた、長く営んできた雲居の雁との家庭を破綻させることになった。このことを聞いた病床の紫の上は、女の身のおきどころの心許なさにあらためてため息をこぼす。源氏もつくづくと我が身の老いを感じ、いよいよ出家への思いを強くする。

「御法《みのり》」巻でも紫の上の容態は思わしくなく、源氏は付ききりで看病し、一進一退の病状に、子供のように一喜一憂する。光の世界の帝王たる源氏は、紫の上の死におびえていた。秋の明け方、紫の上は明石の中宮に手をとられながら、静かに帰らぬ人となった。もはや紫の上は藤壺の形代《かたしろ》ではなく、源氏にとって最愛の女性となっていた。

「幻」巻で源氏は人に会うことも稀になり、ひたすら追慕の日々を送る。季節はめぐっても心は癒えず、四季の景物によせて歌を詠んでは、紫の上の幻を追う。やがて訪れる出家の日を前に、源氏はしみじみと語った。

「私は高い身分に生まれたが、誰よりも不本意な人生であった。人生とははかなく厭わしいものだということを悟らせるために、仏が仕向けた身の上なのだろう……」

無常の思いを知らしめるために生きたという光源氏の生涯は、この巻で終わる。出家や死は描かれないが、続編の「宿木《やどりぎ》」巻によれば、こののち嵯峨の御寺にこもり、やがて没したという。

◉宇治の恋の物語

源氏没後の世界を描いた第三部の主人公は、女三の宮と柏木との間に生まれた薫、そして今上帝と明石の中宮の第三皇子・匂宮《におうのみや》。薫は光源氏晩年の子として冷泉院や明石の中宮に愛されていたが、あまたいる女房たちの噂によるものだろうか、いつからか我が身の出生に疑いを抱くようになり、常に心に憂いをたたえ、若いながらに道心を抱くようになっていた。光り輝いた源氏の若き日にくらべ、内向的な性質として主人公の薫は語られる。薫は生まれつての芳香を身にまとい、遠くにいてもその居場所は知られたという。仏陀とひとしい超人的属性を与えられ、その姿は源氏にもまさる気品と美しさをたたえていた。匂宮は薫に対抗して薫物《たきもの》に執心し、人工的ではあるが、ふんぷんたる匂いをいつも漂わせていた。これらの匂いにまつわる人物造型に関しては、本書第一章にある。

宇治を舞台とする二人の恋の物語は「橋

姫」巻から始まる。薫は宮中で「宇治の阿闍梨《あじゃり》」なる僧から、八の宮という老いた親王の話を聞く。八の宮は桐壺帝の第八皇子として生まれ、朱雀帝の時代にかの弘徽殿の皇太后が東宮であった冷泉院を廃し、この宮を立てようと企んだ。それが失敗すると宮は世間から忘れられ、宇治で俗聖《ぞくひじり》として仏道に励んでいるという。この話から八の宮に興味を抱いた薫は、やがて宇治通いを始めるようになった。

八の宮には男手一つで育てた娘が二人いた。姉が大君《おおいぎみ》、妹は中の君。薫は八の宮と親交をむすんでから三年目の晩秋、はじめてこの二人の美しい姉妹を垣間見、心を奪われる。一方で、ここに仕えていた弁の尼という老女房から出生の秘密を知り、衝撃を受ける。

「椎本《しいがもと》」巻に入り、薫から噂を聞いていた匂宮も宇治の姉妹に関心を寄せ、手紙を交わすようになる。しかし父の八の宮は二人の娘に、「私の死後、親の不面目となるような軽々しい考えは持たぬように。きちんと頼りとなる男性でなければ、うかうかと里を出て京に上ることのないように。このままここで生涯を終えるつもりでいなければなりません」とよくよく言い含めていた。

やがて八の宮は山籠もりの途中で逝去する。姉妹は悲嘆にくれて心を閉ざすものの、薫は喪に服す大君の痛々しい姿にいよいよ魅せられて、「総角《あげまき》」巻ではその思いを訴える。しかし八の宮の遺言を固く守ろうとする大君は受け入れることはなく、むしろ自分より若い中の君を薫に託そうとする。薫はそれを拒むために、中の君を匂宮に逢わせた。

匂宮は中の君と結ばれたものの、高い身分のために思うように宇治を訪れることもできず、また右大臣・夕霧の六の君との婚約も決まった。大君は、父の遺言に従わず中の君を苦悩の淵に落としたという自責の念にかられ、病床につき、ついに命を落としてしまう。薫の嘆きはひととおりでなく、長く喪に服す。

悲愁に満ちた宇治にも春がおとずれ、匂宮は中の君を京の自邸である二条院に呼び寄せることにした。父の遺言や姉の悲嘆が心に残る中の君に対し、彼女の女房たちは浮き立つ思いで衣を用意する「早蕨《さわらび》」巻のくだりは本書第二章に詳しい。

薫は自ら仕組んだことながら、今さら中の君を匂宮に渡したことを悔やみ始める。「宿木《やどりぎ》」巻であらためて中の君に思いを告げるが、中の君はすでに匂宮の子を宿していた。言い寄った際に中の君の衣についた薫の匂いに気づいた匂宮は、嫉妬と猜疑心を膨らませていく。

それでも薫の懸想《けそう》はやまず、わずらわしく思った中の君は、大君によく似ているという異母妹「浮舟」の存在を告げた。形代として登場する浮舟の物語が「東屋《あずまや》」巻から始まる。

浮舟は、八の宮が侍女であった中将の君に生ませた姫だった。八の宮は道心が深まるとともにこの母娘をうとんじるようになり、中将の君は浮舟を連れ、常陸介《ひたちのすけ》の妻となって都を下る。しかし常陸介の実子でないことから浮舟は居場所を失い、中の君のいる二条院に預けられることになった。中将の君はここで見た薫の美しさに感嘆し、この方にこそ浮舟を任せようと思う。ところが浮舟は当主である匂宮に見つけられ、懸想をしかけられる。それを知った中将の君はあわてて浮舟を三条の家に隠したものの、今度は薫がその場所から宇治の別荘へと連れ去った。車中で浮舟を抱きよせる薫。しかし薫にとって浮舟は大君の「かたみ」でしかなく、浮舟はその名のごとく人々の思惑のままに漂う宿命にあった。

浮舟の可憐な姿を忘れられないのは匂宮。薫と中の君の関係を疑っていた彼は一矢報う気持ちもあって、宇治を訪ね、薫のふりをして浮舟と契ってしまう。「浮舟」巻では、薫にはない匂宮の情熱的なふるまい、ことばに、はじめて官能がゆさぶられる浮舟が描かれる。

薫は何も知らずに浮舟を京に迎える約束をする。二人の関係に焦った匂宮は雪を冒して宇治を訪れると、浮舟を危うい小舟に乗せ、明け方の月を見上げながら対岸の隠れ家に移った。雪深い宇治に流れる、甘く濃密な時間。匂宮はただ目の前の恋におぼれ、浮舟は後ろめたさ、恐ろしさに「私は消えてしまうでしょう」と、不吉な歌を詠む。

恋に身も心も狂いだした匂宮は、薫に先んじて浮舟を京に迎えようとする。一方で、何も知らない浮舟の女房たちは、都での薫との生活のために衣を染め、縫うことにいそしむ。支度が進むほどに浮舟が追い込まれていく様子は、本書第二章でたどられている。

やがて双方の使者が宇治で鉢合わせし、すべて薫の知るところとなった。追い詰められた浮舟は宇治川への入水を決意する。「蜻蛉《かげろう》」巻では、亡骸のないまま行われた浮舟の葬儀のさまが語られる。匂宮は病床に伏し、薫はつくづくと八の宮の姫君たちと結ばれない宿世を思いやる。

しかし、浮舟は生きていた。「手習」巻では死の彷徨から蘇る浮舟が語られる。入水を決意した夜、浮舟は川にたどり着く前に失神し、「宇治院」なる邸の裏の森の中に倒れていた。それを横川《よかわ》の僧都《そうず》一行が見つけ、小野の山里に連れて帰る。なかでも僧都の妹尼は、亡くなった娘の身代わりと信じて手厚く看病し、やがて浮舟は意識をとり戻す。しかし浮舟は素性を語ることなく、ここでも取り沙汰される縁談話から逃れるために僧都に懇願し、出家を遂げてしまった。

それでも紅梅の花咲く折、その匂いに導かれて捨て去った過去を思いだすくだりは本書第一章に詳しい。

最終章「夢浮橋」巻で、薫は比叡山横川に出向き、僧都に浮舟の生存を確認する。浮舟への文を僧都に書いてもらい、また自らも文をしたためて、浮舟の弟である小君に託した。横川から帰り下りる薫一行の松明のものものしい光の波を見守る小野の里人。しかし浮舟は目もくれず念仏を唱え続ける。出家した今はおぞましい過去も肉親もふりきるべく、弟との対面さえこばみ、薫の手紙は人違いとして受け取ることもなかった。

この長編物語は、心強く思いを断ち切る浮舟と、「よもや他の男が隠し据えているのでは」と邪推する薫が描かれて幕を下ろす。初めから道心を持ち続けつつも愛執にかられる薫にくらべて、形代としてさすらい続けながらも、最後には自らの意志で仏道を歩みはじめる浮舟。その行く先に見えるのは、墨色の風景から広がる薄明の光。一人の女性の、魂の成長をそこに見ることができるのである。

【源氏物語　五十四帖】

一	桐壺	きりつぼ
二	帚木	ははきぎ
三	空蝉	うつせみ
四	夕顔	ゆふがほ
五	若紫	わかむらさき
六	末摘花	すゑつむはな
七	紅葉賀	もみぢのが
八	花宴	はなのえん
九	葵	あふひ
十	賢木	さかき
十一	花散里	はなちるさと
十二	須磨	すま
十三	明石	あかし
十四	澪標	みをつくし
十五	蓬生	よもぎふ
十六	関屋	せきや
十七	絵合	ゑあはせ
十八	松風	まつかぜ
十九	薄雲	うすぐも
二十	朝顔	あさがほ
二十一	少女	をとめ
二十二	玉鬘	たまかづら
二十三	初音	はつね
二十四	胡蝶	こてふ
二十五	蛍	ほたる
二十六	常夏	とこなつ
二十七	篝火	かがりび
二十八	野分	のわき
二十九	行幸	みゆき
三十	藤袴	ふぢばかま
三十一	真木柱	まきばしら
三十二	梅枝	うめがえ
三十三	藤裏葉	ふぢのうらば
三十四	若菜（上下）	わかな　じゃうげ
三十五	柏木	かしはぎ
三十六	横笛	よこぶえ
三十七	鈴虫	すずむし
三十八	夕霧	ゆふぎり
三十九	御法	みのり
四十	幻	まぼろし
四十一	雲隠	くもがくれ
四十二	匂宮	にほふみや
四十三	紅梅	こうばい
四十四	竹河	たけかは
四十五	橋姫	はしひめ
四十六	椎本	しひがもと
四十七	総角	あげまき
四十八	早蕨	さわらび
四十九	宿木	やどりぎ
五十	東屋	あづまや
五十一	浮舟	うきふね
五十二	蜻蛉	かげろふ
五十三	手習	てならひ
五十四	夢浮橋	ゆめのうきはし

＊四十一帖の雲隠は巻名のみ伝わり中身はない。
＊四十二帖は「匂兵部卿《にほふひやうぶきやう》」が本来の題で匂宮は略称。
＊全五十四帖を三部に分け、桐壺から藤裏葉までを第一部、若菜上から幻までを第二部、匂宮から夢浮橋までを第三部とし、最後の十帖（橋姫から夢浮橋）を宇治十帖と呼ぶ。

第一章

匂い——生きることの深さへ

藤原克己《ふじわら・かつみ》
東京大学大学院教授
著書に『菅原道真と平安朝漢文学』（東京大学出版会）、『菅原道真　詩人の運命』（ウェッジ選書）他

一 古語の「にほふ」と「かをる」

❖「にほふ」は「丹《に》秀《ほ》ふ」か

「匂う」という言葉は、平安京で熟成された文化の――『源氏物語』はその結晶の一つですが――その奥深さを窺《うかが》い知るうえでも、さらにはそうした伝統的な文化に照らして現代の私たちの生活や人生の内質を問い返すためにも、とてもよい手がかりになるように思われます。

まず、「匂う」あるいは「香る」という言葉の本来の意味から考えてみたいと思います。「匂う」という言葉は、こんにちでは通常は嗅覚に関わる言葉として用いられていますが、『万葉集』では、むしろ基本的に視覚に関わる言葉として用いられているように見受けられます。よく知られた歌を二首だけ、あげておきましょう。それぞれの歌のあとに、『万葉集』の原文の表記もあげておきます。

紫草《むらさき》のにほへる妹《いも》を憎くあらば人妻ゆゑにわれ恋ひめやも（巻一・二一・大海人皇子《おおあまのおうじ》）

紫草能　尓保敝類妹乎　尓苦久有者　人嬬故尓　吾恋目八方

春の苑《その》紅《くれなゐ》にほふ桃の花下照る道に出で立つ乙女《をとめ》（巻十九・四一三九・大伴家持）

春苑　紅尓保布　桃花　下照道尓　出立媙嬬

一首目は、額田王《ぬかたのおおきみ》の「あかねさす紫野行き標野《しめの》行き野守《のもり》は見ずや君が袖振る」という歌に答えた大海人皇子（後の天武天皇）の歌で、紫草のように美しいあなたが憎く思えたら、人妻であるあなたを恋い慕いはしません、といった歌意。二首目は、「天平勝宝二年（七五〇）三月一日の暮《ゆふべ》に、春の苑の桃李《たうり》の花を眺矚《なが》めて作れる」という詞書のある大伴家持の歌で、紅の桃の花が照り映える、その花かげの小道に出で立つ乙女よ、という、いかにも天平のみやびをしのばせるような、当時としてはハイカラな中国趣味の歌。これらの歌の「にほふ」は、「紫草のにほへる」といい「紅にほふ」といい、まさに視覚的な美しさ、それも赤系統の色の色彩的な美しさを表しているように思われます。

そこで従来、「にほふ」は「丹秀《にほ》ふ」であるとして、次のような説明がなされてきました。「にほふ」は本来、丹色、つまり赤系統の色が、人目を惹《ひ》きつけるような感じを表す言葉であったが、のちには赤系統の色だけでなく、はなやかに照り映えるような美しさを表すようになり、さらには視覚から嗅覚にも転じて用いられるようになった。内に秘めた思いや感情が、表情や態度・言動などに表われることを「ほに出づ」とも言うように、はっきりと目立つものがホ、稲や薄《すすき》の穂も同じである、と。

❖「匂」という漢字について

ここで、『万葉集』では「にほふ」という言葉がどのように表記されているかということにも注意しておきましょう。こんにち私たちがこの言葉にごくふつうに当てている「匂」という字は、『万葉集』には出てきません。この「匂」という字が、どうして「にほふ」という和語の表記に用いられるようになったのかということについては諸説あるのですが、近年、三木雅博氏が「「匂」字と「にほふ」——菅原道真と和語の漢字表記――」という論文で、従来の説にも検討を加えながら、傾聴すべき新説を提示されました。この論文は、三木さんの『平安詩歌の展開と中国文学』（和泉書院、一九九九年）という本に収められています。

三木さんの論によれば、大和言葉の「にほふ」にぴったり重なるような漢字はないのです。そこで、どうも菅原道真あたりが、整う、遍《あまね》くゆきわたる、などの意の「匀」という漢字を、白居易などの詩における用法も参考にしながら、少し意味をずらせて、和語「にほふ」の語感を表すために用い始めたらしい。道真という人は、その徹底的に習熟した漢語を通して、日本的な感性や心情をも表現しようとした詩人でしたから、これは大いにありうることですし、たいへん興味深い説だと思います。そしていつの頃からか、この「匀」の代わりに、字体のよく似た「匂」の字――この字は、元来は「乞う」の意だったそうです――が用いられるようになった。それがいつからかは、はっきりしないのですが、しかし、平安中期、十一世紀前半に書写された『和漢朗詠集』の古写本では、「にほふ」と訓むべきところにすでにこの「匂」の字が当てられているので、それ以前にさかのぼることはまちがいない、と三木さんはのべておられます。

さて、『万葉集』における「にほふ」の表記は、「香」「薫」「艶」などの字を当てて「にほふ」と読ませたとおぼしき例が若干あるほかは、「尓保布」のように漢字による一字一音表記、いわゆる万葉仮名表記が圧倒的に多いのですけれども、そのなかに、「にほふ」のニホに「丹穂」の字を当てているものが、かなりあります。また、山上憶良《やまのうえのおくら》の「世間《よのなか》の住《とど》まり難《かた》きを哀しびたる歌」という長歌（巻五・八〇四）に、「蜷《みな》の腸《わた》　か黒き髪に　何時《いつ》の間《ま》か　霜の降りけむ　紅《くれなゐ》の　面《おもて》の上に　何処《いづく》ゆか　皺《しわ》が来たりし」という一節がありますが、この「紅の」には、「尓能保奈須《にのほなす》」という異文が伝えられています。この異文は「丹の秀なす」であろうと思われ、まさに「にほふ」は「丹秀ふ」であるという従来の説を裏書しているかのようです。しかし、私にはこの「尓能保奈須」は、いかにも憶良らしい知的な造語であるように思われます。

❖「にほふ」は視覚が本来か

私は、従来の「にほふ」の説明には、どうもいまひとつすっきりしないものを感じています。「にほふ」は、『万葉集』でも、次のように嗅覚に用いた例が見られます。大伴家持の歌です。

橘のにほへる香かもほととぎす鳴く夜の雨に移ろひぬらむ（巻十七・三九一六）

橘乃　尓保敝流香可聞　保登等藝須　奈久欲乃雨尓　宇都路比奴良牟

「にほふ」をこのように嗅覚に用いたのは、家持が最初のようですが、家持は、先に見ましたように、「春の苑紅にほふ桃の花」と、「にほふ」を視覚にも用いていました。では家持が、「にほふ」を視覚から嗅覚にも転用したのでしょうか。そうではなくて、結論から先に申しますと、「にほふ」は本来、視覚と嗅覚との両方にわたるような共感覚的な感覚を表していたのではないでしょうか。

『万葉集』における「にほふ」の用例が視覚的なものに偏っているからと言って、「にほふ」は視覚が本来であったとは、必ずしも言えないはずです。香りを詠むということじたいが、『万葉集』には少なかったのですから。嗅覚は、和歌という文芸の意識的な対象には、なかなかなりにくかったということも、考えられなければならないでしょう。『万葉集』で最も多く詠まれた花は萩ですが、その次が梅で、梅が好んで詠まれたというところには、明らかに中国文学の影響が認められます。が、百十八首もある梅の花の歌のなかで、その香を詠んだと明らかに認められるものは、次の一首しかありません。

梅の花香をかぐはしみ遠けども心もしのに君をしぞ思ふ（巻二十・四五〇〇・市原王）
宇梅能波奈　香乎加具波之美　等保家杼母　己許呂母之努尓　伎美乎之曽於母布

天平宝字二年（七五八）二月、中臣清麿という人の宅で宴が催された折の歌です。梅の花がかぐわしく香っているので、あなたの高潔風雅なお人柄が、遠くにおりましても、しみじみと心に深く慕われてなりません、といった歌意でしょうか。

❖「染まる」の意の「にほふ」

視覚や聴覚は、遠距離感覚と言われることがあります。私たちは遠くの樹を、その遠くにある場所において見ることができます。あるいは、庭で鳴いている蟋蟀《こおろぎ》の声は、庭で鳴いているように聞こえ、耳の内側の鼓膜のところで鳴いているようには感じません。それに対して嗅覚は、味覚や触覚と同じく接触感覚です。触覚も味覚も、何かが皮膚や舌にふれて初めて生ずる感覚で、そのそれぞれの感覚は、皮膚や舌の、そのふれている部位に生じます。同じように嗅覚も、匂いの成分が鼻の内側の粘膜にふれて感ずるわけです。

「にほふ」という言葉が、遠距離感覚である視覚に関しても、接触感覚である嗅覚についても用いられるということは、ちょっと不思議な感じがしますが、しかしまさにその点において、『万葉集』には、染まるという意味で用いられた「にほふ」の例が少なからずあることが、たいへん示唆的であるように思われるのです。たとえば次のような歌。

ことさらに衣《ころも》は摺《す》らじ女郎花《おみなへし》咲く野の萩ににほひて居らむ（巻十―二一〇七）

事更尓　衣者不摺　佳人部為　咲野之芽子尓　丹穂日而将居

わざわざ衣に草花を摺りつけたりはしまい、女郎花に萩もまじって咲き乱れているこの秋の野のはなやぎに、このまま染まっていよう、といった歌意かと思われます。

もう一つ、こんな哀切な例もあります。

玉津島磯《たまつしまいそ》の浦廻《うらみ》の真砂《まなご》にもにほひて行かな妹《いも》が触れけむ（巻九―一七九九）

玉津嶋　磯之裏末之　真名子仁文　尓保比去名　妹触険

哀切な、と申しましたのは、これは挽歌だからです。作者は未詳ですが、「柿本朝臣人麻呂の歌集に出づ」と注記された、連作として読める四首の最後に置かれています。それによれば、作者はいま、かつて妻と手を携えて遊んだ思い出のこもる地に来ているのです。玉津島は、紀伊国（和歌山県）の名勝和歌浦《わかのうら》にあった島。歌はまず「玉津島磯の浦廻の」と、岩場の多い、湾曲した島の入江の風景を大きくとらえます。その風景の広がり全体に、妻との曾遊《そうゆう》の日の思い出が息づいているのです。そしてその磯辺の砂にまで、いまはもうこの世にいない妻がふれたなごりを感じ、それに染まって行きたい、というのです。

このように、古代において視覚的な美しさに関して用いられることの多かった「にほふ」という言葉が、染まるという意味でも用いられているということは、その視覚の内側に、一種の接触感覚が濃密に息づいていたことを示唆しているように思われます。

❖「にほふ」は「霊延《には》ふ」ではないか

ここで取り上げてみたいのが、土橋寛《ゆたか》氏の説です。古代の人々は、山河草木にも雲にも星にも、また人や動物にも、霊気を感じていたわけですが、土橋氏によれば、ニは、ヒ、チ、タマなどと同じく、森羅万象に宿るその霊的な力を表す言葉の一つであった。たとえば、三種の神器の一つであるヤサカニノマガタマは、『日本書紀』では「八尺瓊之曲玉」と表記されているが、これは本来「弥栄霊之曲玉《やさかにのまがたま》」と表記すべき名称であっただろう。丹にしても、その赤い色に何か神秘的な霊力が感じられたからニと呼ばれたのであって、ニが最初からとくに赤系統の色だけを表す言葉だったのではない。そして色も匂いも、物の発する霊気として感受されたからニと呼ばれたのだ、というのです（土橋寛『日本語に探る古代信仰』中公新書、一九九〇年）。つまり「にほふ」は、はじめは視覚に関して用いられていたのが嗅覚にも転化したというのではなくて、本源的に視覚についても嗅覚についても用いられた言葉だったのだというわけです。

この土橋氏の説をふまえつつ、多田一臣氏はさらに、「にほふ」のホフはハフ（延フ）とも通じて、「ニの霊威・霊力が周囲に広がり、浸透していくさまを形容する言葉であったかもしれない」と推測しておられます（「古代人の感覚　ニホフとカから」『文学』二〇〇四年九・一〇月号）。これもまた、たいへん興味深い説だと思います。この「にほふ」は「霊延《ニハ》フ」だったのではないでしょうか。この「延ふ」は、「けはひ」や「さきはふ」などのハヒ、ハフと同じです。『岩波古語辞典』の説明を借りますと、「けはひ」は「ケ（気）ハヒ（延）の意。ハヒは、あたり一面に広がること。何となく、あたりに感じられる空気。「気配」は後世の当て字」。「さきはふ」は「咲《サキ》、サカエ（栄）、サカリ（盛）と同根。生長のはたらきが頂点に達して、外に形を開く意」で、この連用形「さきはひ」の音便化したのが、現代語の「幸い《さいわ》」です。また、「蔦がはう」などの「はう」は、こんにちでは「這う」と漢字を当てますが、これも本来はこの「延ふ」と同じ、延び広がるの意です。

「にほふ」も、色であれ香りであれ、物の霊気があたりに延び広がるような感じを表していたのではないでしょうか。

❖恩恵が及ぶ、の意の「にほふ」

こうした解釈を裏書するかのような「にほふ」の用例が、『源氏物語』にいくつか見られます。まず少女《おとめ》の巻と真木柱《まきはしら》の巻に、恩恵が及ぶ、というような意味で「にほふ」が用いられた例があるのですが、ただ、これを説明するには、少し回り道をしなければなりません。

紫の上といえば、光源氏最愛の妻であり、『源氏物語』正編の最も重要な女主人公です。正編というのは、光源氏没後の物語である続編に対して、光源氏生前の物語をさすのですが、この正編は、紫の上の死によって終わります。つまり光源氏その人の死は描かれないのです。もう少し詳しく申しますと、御法《みのり》の巻で紫の上が逝去し、次の幻《まぼろし》の巻では、四季折々につけて紫の上を追慕し哀傷する光源氏の一年を描いて、正編の物語は幕を閉じるのです。これは、紫の上亡きあとの光源氏に関しては、作者はもはや語るべきものを持たなかったのだとも言えるわけで、いかに紫の上が重要な人物であるかを物語っていると思いますが、この光源氏と紫の上という夫婦の物語は、先行の『落窪物語』をなぞっているようなところがあります。

『落窪物語』のヒロイン落窪の姫君は、さる宮家の娘に、源忠頼《ただより》という男が通って生まれた女君ですが、その祖父母も母親も亡くなって天涯の孤児となり、忠頼の邸に引き取られていました。ところが、その邸には忠頼の本妻がいて、姫君はその継母に虐待されていたのです。この落窪の姫君のもとに、男主人公の道頼が忍んで通うようになり、やがて道頼は姫君を盗み出して、たいへん仲睦まじく暮らすことになります。道頼は落窪の姫君をただ一人の妻として愛し続け、いっさい浮気をしないという、理想的な男性として描かれるのですが、しかし皮肉なことに、そうなるとこの夫婦の物語じたいは、さしたる波乱にとんだ展開もありえなくなります。物語の後半は、道頼が、妻をいじめた継母や、そのいじめを容認していた忠頼に、徹底した報復を加えるという展開になるのですが、男主人公を、ただ一人の妻を大切にして浮気をしないという理想的な男性として設定したために、男女の愛情の問題はそれ以上掘り下げて描くことができなくなった『落窪』のジレンマを、『源氏物語』は、主人公光源氏を色好みとすることで、打開していったのだ、とも言えましょう。

紫の上は、按察使《あぜち》の大納言の娘に、兵部卿《ひょうぶきょう》の宮が通って生まれた女君ですが、若紫の巻で光源氏が彼女を見出したときには、その母も祖父もすでに亡く、病身の祖母の尼君に養育されていました。その尼君も亡くなって、彼女が孤児同然の身の上となりますと、兵部卿の宮もさすがに捨てておけなくて、自邸に引き取ることになるのですが、その直前に、光源氏が彼女を盗み出します。もし光源氏がそうしていなければ、兵部卿の宮の邸宅には意地悪な本妻がいましたから、彼女は落窪の姫君と同じような継子いじめにあっていたでしょう。このように、光源氏と紫の上の物語は、『落窪』とは異なる展開になっていますけれども、しかし光源氏は、この紫の上の実父である兵部卿の宮には、冷淡な態度を取ります。そのあたり、『落窪』後半の報復譚をなぞっているような印象を受けます。

　さて少女の巻では、この兵部卿の宮は式部卿の宮になっているのですが、彼は、実の娘である紫の上が光源氏に大切にされているのを、その恩恵がわが家にまで及んでくることはないけれども、有難く思っていた、というところに、「わが家にまでにほひ来ねど、面目《めいぼく》におぼすに」、とあります。また真木柱の巻には、光源氏が紫の上を大切にしているなら、その恩恵が、紫の上の縁者である我々にまで及ぶというような、そういうためしだって世間にはあるのに、我が家にはいっこうにそういうことがないばかりか、とかく光源氏から冷淡にあしらわれているのはどういうわけか、と式部卿の宮の北の方が不満を言うところに、「人一人を思ひかしづきたまはむゆゑは、ほとりまでもにほふ例《ためし》こそあれ……」とあります。このように、恩恵が及ぶ、といった意味でも「にほふ」という言葉が用いられているのは、「にほふ」は「霊延ふ」ではないかという解釈を裏書しているとは言えないでしょうか。

❖古代と現代に通底する感性

しかし、最も印象的なのは、野分《のわき》の巻の例でしょう。野分というのは、文字通り野の草を吹き分ける風の意で、台風のような、秋口に吹く激しい風をいいます。そんな野分の日に、紫の上が、風に吹き撓《しお》られている庭の草花が気懸かりで、めずらしく廂《ひさし》の間《ま》（寝殿造りの建物の、庭に近い部分）にすわって、前栽《せんざい》を眺めていたところを、光源氏の息子の夕霧が、ゆくりなくかいま見する場面です。

御屛風も、風のいたく吹きければ、押し畳み寄せたるに、見通しあらはなる廂の御座《おまし》にゐたまへる人、ものにまぎるべくもあらず、気高くきよらに、さとにほふここちして、春の曙《あけぼの》の霞の間《ま》より、おもしろき樺桜《かばざくら》の咲き乱れたるを見るここちす。あぢきなく、見たてまつるわが顔にも移り来るやうに、愛敬《あいぎやう》はにほひ散りて、またなくめづらしき人の御さまなり。御簾《みす》の吹き上げらるるを、人々押へて、いかにしたるにかあらむ、うち笑ひたまへる、いといみじく見ゆ。花どもを心苦しがりて、え見捨てて入りたまはず。御前《おまへ》なる人々も、さまざまにものきよげなる姿どもは見わたさるれど、目移るべくもあらず。

風が強いので、屏風を畳み寄せてある。それで、廂の間がすっかりあらわに見通せるようになっていた。その廂の間の御座にすわっていらっしゃる人、これが紫の上ですが、その人は際立って気高く、輝くばかりの美しさで、「さとにほふここちして」と、ここで「にほふ」が出てきます。「さとにほふ」というのは、この物語の他の箇所では、橘の花の香などがふっと強く匂ってくるというようなばあいに使われているのですけれども、ここでは紫の上の美しさが「さとにほふ」と表現されています。そのあとに出てくる「樺桜」は、八重桜の一種です。

つぎに、「あぢきなく、見たてまつるわが顔にも移り来るやうに、愛敬はにほひ散りて」と、また「にほふ」が出てきますが、この「あぢきなく」という言葉の使い方が、とてもおもしろいと思います。この言葉は、ふつうは好ましからざる事態に対して、なすすべもないようなばあいに使うのですが、ここでは、紫の上の愛敬こぼれるような美しさが、見ている自分の顔にふわっと移ってくるようで、それが振り払うすべもなく、息苦しいまでに、もてあましてしまう感じを、「あぢきなく」と表現しているわけです。

御簾《みす》が風に吹き上げられたのを、女房たちがあわてて押えたとき、何かおかしなことでもあったのか、紫の上がほほとかすかに笑いなさった、その様子がまた何ともいえずすばらしい。紫の上は、風に吹きしだかれる花たちの様子に胸を痛めて、見捨てて奥におはいりになることが、おできなさらない。御前の女房たちも、それぞれに美しい姿であるのが見渡されるけれども、夕霧の視線は紫の上にひたと吸い寄せられたまま、ほかに移るべくもなかったのでした。

帚木《ははきぎ》という巻に、ある女房が暗闇のなかで光源氏に近寄ったところ、源氏が衣に薫《た》きしめていた香が「いみじくにほひ満ちて、顔にもくゆりかかるここち」がした、という表現があります。これは嗅覚の「にほふ」ですけれども、ただ鼻の内側を刺激したというだけでなく、顔全体に「くゆりかかる」ようであったという。この野分の巻の「わが顔にも移り来るやうに、愛敬はにほひ散りて」という表現と、相通ずるものがあるように思われます。対象の発する何かが、ふわっとこちらに押し寄せてくるような感じ、それを「にほふ」と言ったのではないでしょうか。それで、「にほふ」は「霊延ふ」ではないかと考えてみたいわけです。

もちろん、夕霧がここで「にほひ」として感じているものは、先の土橋氏の論で遡源《そげん》されていたような、アニミスティックな霊気・霊力などではなく、紫の上という一人の女性の個性的な美しさです。いったい、「あぢきなく、見たてまつるわが顔にも移り来るやうに、愛敬はにほひ散りて」とか、「いみじくにほひ満ちて、顔にもくゆりかかるここちす」とかいったような表現は、もはや原初的なアニミズムとは決定的に乖離した文芸的表現であることは、言うまでもありますまい。『万葉集』の「にほふ」にしてもそうです。けれども、アニミスティックな感性というものは、洗練された王朝人の感性の内にも、そして現代の私たちの感性の内にも、その根底になお息づいているものなのであって、実はそれが私たちの生きているという感覚の、その内実を形づくっているのであるように思われます。

❖視覚的な「にほひ」と「かをり」

この紫の上の「にほひ」については、その末期の日々を描いた御法の巻に、またたいへん印象的な叙述が見られます。

こよなう痩せ細りたまへれど、かくてこそ、あてになまめかしきことの限りなさもまさりてめでたかりけれと、来《き》し方あまりにほひ多く、あざあざとおはせし盛りは、なかなかこの世の花のかをりにもよそへられたまひしを、限りもなくらうたげにをかしげなる御さまにて、いとかりそめに世を思ひたまへるけしき、似るものなく心苦しく、すずろにものがなし。

めっきり痩せ細ってしまわれたけれど、こうであってこそ、その限りなく高貴な優美さも、またひとしお引き立つようで、とあります。痩せ衰えることで、いっそうなまめかしさがまさる、というのですから、この「なまめかし」は、現代語のそれとは、語義・語感がずいぶん異なることがうかがわれます。いま、論証は省かせていただきますが、「なまめかし」という言葉は、平安中期頃から、何かえも言われぬ美しさだ、というような意味あいで使われるようになった言葉だと、私は考えております。

さてその続き。これまでの、あまりに「にほひ」多く、あざやかなまでにはなやいだ女盛りでいらしたときには、かえってその美しさはまだしも、この世の花の「かをり」にもよそえられたけれども――先ほどの「野分」の巻でも、樺桜に喩えられていました――、すっかり弱り果ててしまわれたいまは、何かもうこの世ならぬあえかなお美しさで、残りのお命ももうほんのわずかなものと思っていらっしゃるご様子は、たとえようもなく心苦しく、ただむしょうにものがなしい……。

ここでは、「かをり」もまた視覚的な美しさに関わる言葉として用いられています。「かをり」は、「にほひ」に比べると、このように視覚的な美しさに用いられる例は少ないようですが、ただ、光源氏没後の物語である『源氏物語』続編の主人公薫について、留意しておくべき例が見られます。

光源氏は、紫の上という最愛の妻がありながら、四十歳になった年に、女三の宮という、まだ十代半ばの内親王を、新たに妻として迎えます。ところが、かねて女三の宮に思いを寄せていた柏木《かしわぎ》という青年が、女三の宮と密通し、その結果生まれた男の子が、続編の主人公となる薫です。

柏木の女三の宮にあてた恋文を、偶然目にしてすべてを察知した光源氏は、ある時柏木に、その密事《みそかごと》を知っていることをほのめかし、柏木は恐懼《きょうく》と懊悩《おうのう》にたえかねて、やがて早世します。次に引用するのは、柏木巻の、薫の五十日《いか》の祝い——生後五十日の祝いの日の場面です。

「あはれ、残り少なき世に、生《お》ひ出づべき人にこそ」とて抱《いだ》き取りたまへば、いと心やすくうち笑みて、つぶつぶと肥えてうつくし。(中略)この君(薫)、いとあてなるに添へて、愛敬づき、まみのかをりて笑がちなるなどを、いとあはれ、と見たまふ。思ひなしにや、なほいとよう（柏木に）おぼえたりかし。ただ今ながら、眼《まなこ》居《ゐ》ののどかにはづかしきさまも、やう離れて、かをりをかしき顔ざまなり。宮（女三の宮）はさしもおぼし分かず、人はた、さらに知らぬことなれば、ただ一所《ひとところ》の御心のうちにのみぞ、あはれ、はかなかりける人の契《ちぎ》りかな、と見たまふに、おほかたの世のさだめなさもおぼし続けられて、涙のほろほろとこぼれぬるを、今日は事忌みすべき日をと、おしのごひ隠したまふ。

「ああ、私の命も残り少ない晩年に生い育ってゆく人なのだ」と言いつつ、光源氏が抱き取りなさると、嬰児《みどりご》は無心に微笑み、肉づきもふっくらとしていて可愛らしい。この子は、たいそう高貴な気品があるのに加えて、愛敬があり、目もとがほんのりと美しく、にこやかであるのを、源氏は愛《いと》しさに胸のつまるような思いで御覧なさる。思いなしか、実の父である柏木に、やはりたいそうよく似ている。もう今から、目つきも落ち着いていて、凛とした気品があるところなど、ふつうの子とちがっていて、ほんのりと美しく、人を惹きつけるような顔立ちである。しかし、この子が柏木に似ていることなど、女三の宮はさしてお気づきではないようだし、またほかの者はさらに知る由もないことなので、源氏ただお一人のお心の内に、ああ、なんとはかない運命であったかと、柏木のことを偲びつつ、薫に見入っていらっしゃると、柏木のことのみならず、この世の定めなさが思い続けられて、涙がほろほろとこぼれるのを、今日は泣くのは禁物の祝いの日であったと、袖でおしのごい、お隠しなさる。

この一節では、「あはれ」という言葉が三回も出てくることに、まず注意しておきたいと思います。薫を抱き取ったとたん、平生とくに目をかけていた青年柏木に裏切られた苦《にが》く憤《いきどおろ》しい思いも忘れて、その美しさに見入り、ああ、自分はこの子の将来を見守ってやることはできないのだというかなしみにひたされて、かくも美しい子を残して早世した柏木を「あはれ、はかなかりける人の契りかな」と哀惜する、そのような光源氏の心情じたいが大きく深く美しく、感動的であると言えましょう。ちなみにこの場面は、国宝の源氏物語絵巻にも描かれております。(口絵参照)

そして、その薫の美しさに関して、「まみのかをりて」「かをりをかしき顔ざま」と言われています。薫は、この柏木巻の次の横笛巻でも、「口つきうつくしうにほひ、まみのびらかに、はづかしうかをりたる」「目尻《まじり》のとぢめ、をかしうかをれるけしき」などと書かれています。この「かをる」は、「にほふ」のようにはなやかではない、ほのかな美しさを表しています。「はづかし」は、先にも「眼居ののどかにはづかしきさま」とありましたが、見る者を気おくれさせるほど、凜とした気品がある様子を言います。

❖匂ふ兵部卿、薫る中将

しかしながら、この続編の主人公が薫と呼ばれるのは、このように、その目もとにほんのりとした美しさがあったからではありません。彼は文字通り薫る人、体から生得の芳香を発する人だったのです！　続編最初の巻である匂兵部卿《におうひょうぶきょう》の巻に、薫について次のような叙述があります。

げにさるべくて、いとこの世の人とは作り出でざりける、仮に宿れるかとも見ゆることと添ひたまへり。顔容貌《かたち》も、そこはかと、いづこなむすぐれたる、あなきよらと見ゆるところもなきが、ただいとなまめかしうはづかしげに、心の奥多かりげなるけはひの、人に似ぬなりけり。香のかうばしさぞ、この世の匂ひならず、あやしきまで、うちふるまひたまへるあたり遠く隔たるほどの追風《おひかぜ》も、まことに百歩《ひやくぶ》のほかも薫りぬべきここちしける。

まことに前世からの因縁で、まったくこの世の凡夫として生《な》り出でたのではなく、仏菩薩の権化かと思われるようなことが添《そ》わっていらっしゃった。顔立ちも、ここがすばらしい、ああ輝くようなお美しさだということはなくて、ただ、たいそう優美で、凛とした気品があって奥ゆかしい雰囲気が、人と異なっているのだった。その体臭の香ばしさは、この世の匂いとも思われず、不思議なまでに、立ち振る舞っていらっしゃるあたりからはるか遠くまで風に薫って、まことに「百歩香」の名のように、百歩のかなたまでも薫るかのようであった。――これは、実に現代の読者をとまどわせるところで、私なども、違和感をいなめないのですが、それだけに、いつもその意味を考えさせせられています。

続編にはもう一人、匂宮《におうみや》と呼ばれる副主人公が登場します。この人は、光源氏の娘明石の中宮が生んだ親王ですが、薫の芳香に張りあって、いつも最良の香を選りすぐって衣に薫《た》き染めていたので、「例の、世人は、匂ふ兵部卿、薫る中将と、聞きにくく言ひ続け」たのだ、と語られています。

ですから、「匂ふ兵部卿、薫る中将」というときの「にほふ」「かをる」は、第一義的には嗅覚に関わる言葉なのですが、しかしながら、この二つの言葉はそれぞれに、嗅覚的意味と視覚的印象とを交響させているようです。

薫は、表向きには光源氏と女三の宮の間に生まれた子ということになっており、世間からは貴種中の貴種としてもてはやされ、帝のおぼえもめでたく、官位の昇進なども異例なほど早かったのですが、自分のほんとうの父親は柏木だということを、まだ幼いときにほの聞いたことがあり、身に添う栄華も、「心のうちには身を思ひ知る方ありて」（匂兵部卿巻）、かえって心の負い目になっていたのでした。そして、仏道に深く心を寄せています。はなやかな色好みの匂宮と、憂愁の翳をおびた薫というこの人物造型の対照は、視覚的な意味での「にほふ」と「かをる」の語感の対照と、正確に対応しています。しかもそれは、この二人に対する「きよら」と「きよげ」の使い分けにも対応しているのです。「きよら」は輝くばかりの美しさを表す言葉、「きよげ」はさほどではない美しさを表す、レンジの広い言葉です。先にみた野分の場面でも、紫の上は「きよら」、女房たちは「きよげ」と形容されていましたが、匂宮には一貫して「きよら」が用いられているのに対して、薫には、横笛巻でまだ幼い薫に二度ほど「きよら」が用いられているほかは、一貫して「きよげ」なのです。右の文中でも、「あなきよらと見ゆるところもなきが」とありました。

「かをり」の力も、「にほふ」の二と同じく、人や物に宿る霊的な力を表す言葉であったと思われますが、先ほども引用した土橋氏の『日本語に探る古代信仰』によれば、ニは埿土煮尊《うひぢにのみこと》などのように神名の核にもなっているのに、カはそのように神名の核になることがない、それは、ニに比べてカはその霊力が弱かったからであろう、とされています。おそらくその違いが、視覚的な美しさに「にほふ」と「かをる」が用いられたばあいの、はなやかとほのかという語感の違いにも反映しているのでしょう。

二 古今集歌と嗅覚

❖ボードレールの「万物照応」

青系統の色は寒い、あるいは涼やかな感じを与えるので寒色と言われ、赤系統の色は暖かな感じを生じさせるので暖色と呼ばれることがあります。色は視覚ですが、寒暖の温度覚は触覚です。このように、視覚・聴覚・味覚・嗅覚・触覚という五感のうちの二つの感覚に相わたるような感覚現象を共感覚 synesthesia と言ったりしますけれども、しかし私たちの日常の経験をよく思い返してみますと、五感のうちの視覚なら視覚だけを純粋に感ずることなど、実はありえないことで、むしろ共感覚こそ、私たちの物の感じ方の常態なのではないでしょうか。

たとえば、私たちは、サルスベリの幹を見ればツルツルしていると感じ、クスノキの幹を見ればゴツゴツしていると感じ、実際にさわってみなくても、さわったら手にどんな感触が生ずるか、分かります。これは、私たちが、物心つく以前からいろいろな物にさわってきた、その感覚の記憶の蓄積によるのでしょうが、私たちの視覚には触覚がはりついている、あるいは私たちの触覚は視覚とともに延長する、といってもよいのではないかと思います。もしそういうことがなかったら、私たちの感覚世界は、まったく無機的で、いかなる情緒も意味の感覚も伴わない、味気ないものであるでしょう。

ボードレール（一八二一～一八六七）の詩集『悪の華』に、私たちの感覚の、そうした広い意味での共感覚的なありかたを、鋭敏に、かつ奥行き深く歌い上げた「万物照応 Correspondances」という詩があります。阿部良雄氏の訳で、読んでみましょう。

「自然」はひとつの神殿、その生命《いのち》ある柱は、
時おり、曖昧《あいまい》な言葉を洩《も》らす。
その中を歩む人間は、象徴の森を過《よぎ》り、
森は、親しい眼差《まなざ》しで人間を見まもる。

夜のように、光明のように広々とした、
深く、また、暗黒な、ひとつの統一の中で、
遠くから混《まじ》り合う長い木霊《こだま》のように、
もろもろの香《かお》り、色、音がたがいに応《こた》え合う。

ある香りは、子供の肌のようにさわやかで、
オーボエのようにやさしく、牧場のように緑、
――またある香りは、腐敗して、豊かにも誇らかに、

無限な物と同じひろがりをもって、
龍涎《りゅうぜん》、麝香《じゃこう》、安息香、薫香のように、
精神ともろもろの感覚の熱狂を歌う。

「ある香りは、子供の肌のようにさわやかで、オーボエのようにやさしく、牧場のように緑」という詩句など、まことに美しい共感覚表現と言えましょう。これは、

その直前の「もろもろの香り、色、音がたがいに応え合う」という詩句の具体例の一つであり、この「応え合う se répondent」は、詩題の Correspondances と対応しているのですから、この詩題は、ここだけを見れば、「感覚の交響」と訳してもよいのでしょう。

しかしながらこの詩は、全体を読めば明らかなように、たんに感覚的なもののみの交響を歌っているのではなく、その感覚の交響が、精神的なものとも分かちがたく融合しつつ、象徴の森としての世界の意味を啓示するものとして、歌われています。何だか深遠難解な話のようですが、しかし、私たちの感覚とは、まさにそのようなものではないでしょうか。五感が相互に複合しているだけでなく、記憶や情念など精神的なものとも融合している。この詩の最終行に見える「感覚」という言葉の原語はサンス sens ですが、この sens というフランス語は、感覚という意味だけでなく、常識や良識といった心のはたらきも、芸術的センスなどのセンスも、「言葉の意味」あるいは「生きることの意味」といった「意味」をも、表しうる言葉です。英語の sense、ドイツ語の Sinn も、このフランス語の sens とだいたい重なるようですが、私のいう感覚の複合性をよく含蓄《がんちく》している言葉であるように思われます。

❖嗅覚と精神性

大伴家持の「家婦の京に在《いま》す尊母《ははのみこと》に贈らむが為に、誂《あとら》へらえて作れる歌」と題された長歌に、次のような一節があります。

霍公鳥《ほととぎす》　来鳴く五月《さつき》に　咲きにほふ　花橘の　香《かぐは》しき　親の御言《みこと》　朝暮《あさよひ》に　聞かぬ日多《まね》く　……（巻十九・四一六九）

これは、国守として越中（富山県）に赴任していた家持のもとに、妻の坂上大嬢《さかのうえのおおおとめ》が来てしばらく滞在していたとき、奈良の京にいる母坂上郎女《いらつめ》に贈る歌を代作してほしいと妻にせがまれて、家持が詠んだものです。花橘のようにかぐわしいお母さまのお言葉を、朝暮に耳にすることがない日が重なって、ということで、まさに嗅覚が精神的なものにまでおよんだ例と言えましょう。さきに、『万葉集』中あまたの梅の花の歌のなかで、唯一その香りを詠んだ例としてあげた市原王の「梅の花香をかぐはしみ遠けども心もしのに君をしそ思ふ」も、梅花の香りに中臣清麿の高雅な人柄をしのんだものでした。もちろんこうした表現には、他人の手紙を尊んで「芳翰《ほうかん》」といったり、優れた人徳を「馨徳《けいとく》」(「馨」もかぐわしいの意)といったりするような漢詩文の素養も生かされているのでしょうが、そうした漢詩文の表現も含めて、嗅覚が精神的なものにまでおよぶ例として、おさえておきたいと思います。

ただ、ここでちょっと注意しておきたいのは、このように、何らかの精神的価値や美質が嗅覚的に表現されるばあい、もっぱら「香」「かをる」「かぐはし」などが用いられて、「にほふ」は用いられないようだということです。『万葉集』には、「乱れて思ふ君が直香《ただか》そ」(巻四・六九七)、「われはそ恋ふる妹《いも》が正香《ただか》に」(巻十三・三二九三)などと、タダカという言葉が見えますが、これに関して土橋氏は、「カは人の容貌、風格を一まとめにした霊質ともいうべき観念を表すであろう」と言っています。カが、嗅覚と視覚に分化して用いられるようになったのちのちまでも、古代語としてのカの本源的な意味は、なお息づいていたのだと言えましょう。

❖ 嗅覚と記憶

ところで、先ほど引用したボードレールは、嗅覚についてもひじょうに印象的な表現を、数多くその詩のなかに彫り留めておりますけれども、「異国の香り Parfum exotique」という詩では、秋の夕暮れ、恋人の胸に顔を埋めて、午後の陽の火照りがまだ残っているようなその乳房の匂い odeur を嗅ぐと、昔旅した遠い南洋の島々の風景が目に浮かんでくる、と歌っています。実際、物の匂いが記憶を呼び覚ます力には、何か独特な深さがありはしないでしょうか。

それは、必ずしも特定の出来事と結びついた鮮明な記憶であるとは限らず、むしろ細部はぼやけて全体が混然と一つになったようなものであることが多いように思われますが、いずれにしてもそれは、過ぎ去った時の記憶を、意識の底、体の奥のほうから、一挙によみがえらせてくるようで、しばしば何かせつないような、かなしみに似た情感をすら覚えます。記憶は、私たちの自己の持続感、自己同一感の確証でもありますから、そのかなしみのなかには、失われた時への哀惜とともに、自分自身に対する、自分が生きているということじたいに対する、愛《いと》おしさも、こもっているように思われます。

『古今和歌集』夏歌に、よみ人しらずですが、

五月《さつき》待つ花橘の香をかげば昔の人の袖の香ぞする

という名高い歌があります。古来この歌がことのほか愛誦されてきましたのも、誰しもが、香りの喚起する記憶の淡いせつなさを、この歌に感じ取り、身につまされてきたからではないでしょうか。「袖の香」には、当然その「昔の人」の人柄もしのばれているわけですが、しかしながらそれが、香りという官能的なものを通して顕《た》ちあらわれてくるだけに、妙に生なましいようでいて、はかなく捉えがたく、やるせないのです。

❖万葉集の「見る」から古今集の「思ふ」へ

『万葉集』には、香りを詠むということじたいが少なかったのでしたが、『古今集』になりますと、むしろ好んで香りが詠まれるようになります。そしてこの変化は、『万葉』から『古今』にかけて和歌に生じた、ある大きな変化に対応しています。唐木順三氏の名著『日本人の心の歴史』（筑摩叢書・一九七六年）に、『万葉集』には「見れど飽かぬ」という言い方を代表として、「見る」という動詞がたくさん出てくるのに対し、『古今集』では「見る」が大幅に減って、代わりに「思ふ」が増えてくる、ということが指摘されていますが、まことにしかりで、古今集歌には、目の前に見えているものよりも、遠くはるかなものを思いやる——たとえば眼前に今を盛りに咲いている桜よりも、霞に隔てられている桜を思いやるとか、川面に流れる花びらを見て、水上で咲いている桜を思いやるとか、そんなふうに遠くはるかなものを思いやる、あるいは目に見えない音や香りですとか、水に映る影や夢ですとか、要するに、確かに現前するものよりも、非在のもの、非有非無のものを好んで歌うという傾向が顕著にうかがわれます。

そのような傾向にも関わって、とくに興味深く思われる歌を二首、取り上げてみたいと思います。いずれも、紀貫之《きのつらゆき》と並ぶ古今集時代の代表的歌人、凡河内躬恒《おおしこうちのみつね》の歌です。まず第一首。

闇がくれ岩間《いはま》を分けてゆく水の声さへ花の香にぞしみける

実はこれは『古今集』の歌ではなく、ある年の三月三日に貫之が曲水宴を催したときに、参会した歌人たちが詠んだ歌を集めた『三月三日紀師匠曲水宴和歌』という歌集の歌です。参会者のなかには紀友則《とものり》の名も見えますが、彼は延喜五年(九〇五)

の『古今和歌集』撰進と相前後して物故したようなので、この歌集はそれ以前のものであろうと推定されています。

さて右の躬恒の歌は、「花、春の水に浮かぶ」という題で詠まれたもので、闇のなか、岩間を行く水が花を浮かべて流れている、そのせせらぎの音まで花の香りに染まっているようだ、という歌です。目に見えないものを思いやって詠むという歌の典型ですが、と同時に、渓流の音が花の香に染まるという、のちの時代の歌人たちにたいへん好まれるようになった共感覚表現を先取りしている点でも注目されます。一首だけ例をあげておきましょう。文治三年（一一八七年）に先進された『千載和歌集』の藤原俊成《しゅんぜい》の歌です。

春の夜は軒端《のきば》の梅をもる月の光もかをる心地こそすれ

春の夜は、軒端に咲く梅の花の間を漏れてくる月の光にまで、梅の花の香りがするようだ、という陶酔的な歌です。

しかしながら、この躬恒の歌は、むしろ大伴家持の夭折した弟書持《ふみもち》の次の歌を想起させます。

あしびきの山のもみぢ葉今夜《こよひ》もか浮かびゆくらむ山川の瀬に　（万葉巻八・一五八七）

遠くはるかなものを思いやって詠む、という傾向は、すでに万葉時代の末から、生じていたのであったように思われます。

❖ 暗香と空薫

躬恒の歌で取り上げておきたいもう一首は、『古今和歌集』春歌上の次の歌です。

春の夜の闇はあやなし梅の花色こそ見えね香やは隠るる

「あやなし」は「文《あや》なし」で、闇には模様も何もない、の意も響かせていますが、同時に「あやなし」には道理に合わない、わけがわからないの意もあり、春の闇というものはどうも理解に苦しむ、花を隠してみたところで、色こそ見えずとも、香りまで隠れるものか、と歌った歌です。

中唐の白居易《はくきょい》らが好んで詩に詠んだ素材の一つに「暗香《あんこう》」があり、この躬恒の歌も、「暗香」という漢詩の素材を和歌に取り込んだものだということが、小島憲之氏の『古今集以前』（塙選書、一九七六年）に詳述されています。

この暗香の「暗」は必ずしも闇を意味しません。実際には、闇のなかで香る花の香りを詠んだものが、漢詩でも多いようですが、漢語の「暗」は、たとえば「暗示する」というときのように「それとなく」という意味になることがあります。花がどこで咲いているのかわからない、どこからともなく漂ってくる香りというのが、「暗香」の本来の意味だろうと思います。ですから、この「暗香」という言葉は、香の空薫《そらだき》ということを連想させます。

空薫に関しては、『源氏物語』の鈴虫の巻に、光源氏のたいへん面白い発言が見られます。柏木と過ちをおかしてしまい、薫を出産したのち、女三の宮は出家するのですが、その翌々年の夏、その御念持仏の開眼供養《かいげんくよう》の法要が営まれました。ところが、だいたい女三の宮という女性は子供っぽい人で、仕えている女房たちもいまひとつ嗜《たしな》みが足りないのです。いよいよ法要が始まろうというので、光源氏が、宮の御座所となっている寝殿の西廂《にしびさし》をのぞいてみますと、若い女房たちが、香炉をたくさん並べて「けぶたきまであふぎ散ら」している。そこで光源氏はさし寄って、次のようにそっとたしなめた、とあります。

「空《そら》に薫《た》くは、いづくの煙《けぶり》ぞと思ひ分かれぬこそよけれ。富士の峰よりもけに、くゆり満ち出でたるは、本意なきわざなり。」

「空薫というのはね、どこから薫《かお》ってくるのか分からないように薫《た》くのがいいんだよ。こんなふうに、富士山の煙よりも仰山《ぎょうさん》にくゆらせたんじゃ、台無しじゃないの」。この「空薫」の「そら」が、「暗香」という漢語の「暗」に相当する和語です。いまでも、何かを暗誦することを「そらんずる」とか「そらで言う」というときの「そら」です。

暗香といい空薫といい、そこはかとない香りを通して、生と官能の深みへと沈潜していた王朝人の心を、かいま見させてくれるように思われます。

❖「てにをは」から生まれる和歌の音楽

ここでちょっと話が横道にそれるのを、お許し下さい。この「春の夜の闇はあやなし」の歌は、『東北《とうぼく》』というお能でも謡われます。和泉式部の亡霊であるシテが、序の舞という静かで優美な舞を舞いおさめたところで、「はーるーのーよのー」と長く引きながら、「闇はあやなし梅の」まで、高く高く張ってゆく節回しで謡い、それから「はな」のところで、曲折に富んだ節回しで低い音域に落としつつ、やはり長く引いて上の句を謡い終わると、下の句は地謡が引き取って、今度は対照的に、拍子に乗った軽快な旋律で謡われます。私は昔、この地謡の旋律を聴いていて、「こそーね」「やはーるる」という係り結びの音楽的な美しさに、はっと気づかされたという経験をしました。こういう助詞・助動詞のたぐいを、古来「てにをは」と言ってきましたから、これは「てにをは」から生まれる和歌の音楽、と言ってもよいでしょう。

❖若菜上巻に引歌された「闇はあやなし」の歌

閑話休題。この「闇はあやなし」の歌は、『源氏物語』にも引歌されています。とくに印象的なのは、若菜上の巻における引用です。

光源氏の大邸宅六条院に、内親王という尊貴な身分の、まだうら若い女三の宮が、新たに妻として迎え入れられたことは、それまで六条院の自他ともに認める女主人《あるじ》として生きてきた紫の上にとって、その自分の立場がいかに不安定なものであったかということを、痛切に思い知らされるような出来事でした。彼女と光源氏との間には、子供も生まれていません。光源氏の愛情という目に見えないものしか、自分のよりすがるものはなかったのだ、しかし男の愛情なんて、いつまでも頼りにできるものなのか……。そんな思いに加えて彼女は、女三の宮の降嫁によって自分が光源氏の正妻の座から蹴落とされた恰好になり、世間のゴシップやもの笑いの種になっているのではないか、周囲の者も、自分の不幸に同情しながら、ひそかに喜んでいるのではないか、といった疑心暗鬼のとりこになってゆきます。そして、「をこがましく思ひむすぼほるるさま、世人《よひと》に漏り聞こえじ」、自分がみじめったらしく打ちひしがれているなどという噂が、絶対に世間に伝わらないようにしようと、これまでとつゆ変わらぬ、おおらかで優雅な態度を保つべく、懸命に努力するのでした。

女三の宮が六条院に輿入れしてきてから最初の三日間は、当時の婚姻の作法にしたがって、光源氏は毎晩女三の宮のもとに通わなければなりませんでした。寝殿——寝殿造りの主殿を寝殿と言います——の西面に宮の居室が設けられ、光源氏は、紫の上と起居を共にしている寝殿の東側の対の屋から、宮のいる寝殿に通って行ったのです。しかし、それが三日目ともなりますと、さすがに紫の上も忍びあまる様子で、光源氏の着物に香を薫《た》きしめながらも、ときどきふっと放心しています。光源氏はそんな紫の上の様子を見て、胸が締めつけられるようで、なかなか出て行くことができません。かえって、紫の上に促されて、後ろ髪引かれる思いで、宮のもとにおもむいたのでした。

　そうやって光源氏を女三の宮の所に行かせたあとも、紫の上は、いつもと変わらない、おっとりとした優美な態度を保って、女房たちと物語をします。しかしまた、それがいつになく長引けば、「ああ、やっぱりああやって奥様は気を紛らわしておいでなのではないか」などと女房たちから勘ぐられるのがいやで、適当な所で切り上げて、自分の寝所に入ったものの、傍らに光源氏がいない夜が続いている床の冷たさに、まったく寝つけません。昔、光源氏が政治的に苦境に立たされ、彼女を京に置いて須磨に退居したとき、どんなに彼の身の上が案じられてつらかったかを思い出し、今日まで二人一緒に暮らしてこられたというだけでも、幸せなことだったのだと思い直したりもするのですが、…風うち吹きたる夜《よ》のけはひ冷《ひや》やかにて、ふとも寝入られたまはぬを、近くさぶらふ人々あやしとや聞かむと、うちも身じろきたまはぬも、なほいと苦しげなり。夜深き鶏《とり》の声の聞こえたるも、ものあはれなり。

時は二月《きさらぎ》半ば、しんしんと冷え込む夜気に、いよいよ目が冴えて寝つけません。しかし、寝返りを打ったりすれば、近くにいる女房たちが、「ああ、やっぱり奥様はおやすみになれないのだ」と思うであろうと、少しの身じろぎをだにせず、まだ暗いうちに鳴く一番鶏の声を聞くまで、まんじりともしなかったのでした。

そして、これにすぐ続けて、次のように語られています。

わざとつらしとにはあらねど、かやうに思ひ乱れたまふけにや、かの御夢に見えたまひければ、うちおどろきたまひて、いかに、と心騒がしたまふに、鶏の音《ね》待ち出でたまへれば、夜深きも知らず顔に、急ぎ出でたまふ。いといはけなき御ありさまなれば、乳母たち近くさぶらひけり。妻戸おし開けて出でたまふを、見たてまつり送る。明けぐれの空に、雪の光見えておぼつかなし。名残までとまれる御匂ひ、「闇はあやなし」とひとりごたる。

紫の上は、ことさらに光源氏をつらい、うらめしいと思っていたわけではないけれども、このように源氏のことを思いつつ苦しんでいたせいか、女三の宮の傍らでまどろんでいた源氏の夢に、紫の上が現れた、という。これは古代の霊魂観にもとづくもので、あまりに人のことを思い続けていると、魂が身を離れて、その人の夢に現れることがある、と考えられていました。はっと目がさめた光源氏は、胸騒ぎを覚え、紫の上のことが気になって、一刻も早く彼女のもとへ帰りたいと思う。しかし、暁も待たずに出て行ったのでは、女三の宮に対して失礼ですから、ひたすら鶏が鳴くのを待っていて、一番鶏が鳴くのを聞くや、まだ夜深いのも知らぬ顔で、急いで出でなさった。

ということは、まだ夜深い暁の闇のなかで、紫の上と光源氏は、同じ一番鶏の声を聞いていたのでした。このことは、すでに中院通勝《なかのいんみちかつ》の『岷江入楚《みんごうにっそ》』（一五九八年成立）という『源氏物語』の注釈書にも指摘されています。通勝は、この「鶏の音待ち出でたまへれば」のところに、「夜深き鶏の声の聞こえたるも、と前に書きたる、心の通へるさま、面白く書きなせり。心をつくべし」と注しているのですが、たしかに、この一節を読みますと、何とこの二人は深い心のきずなで結ばれているのだろうと、心打たれずにはいられません。しかし、この一節がことにも印象深いのは、これほど深く思い交し合い、気遣い合っていながら、しかもお互いにその心を通わせ合うことができずにいるからではないでしょうか。この二人は、暁近い闇のなかで、共に眠れずにいて、互いに相手を思い、気遣い、そうして同じ鶏の声を聞いたのだということは、読者には手に取るように見えても、当人たちは知るすべもない。これは、いわゆるドラマティック・アイロニーなのです。

さて、そのようにそそくさと出て行った光源氏を、女三の宮はまだあまりにも子供っぽいありさまで、乳母たちが見送りました。源氏が押し開けて出て行った妻戸の外には、庭に消え残っている雪が暁闇《ぎょうあん》の底にほの青く光り、彼が衣に薫きしめていた香の匂いが、まだあたりに漂っている……。ここで、「闇はあやなし」の歌が引かれます。その部分を、もう一度掲げておきましょう。「明けぐれ」は、暁闇の意です。

…妻戸おし開けて出でたまふを、見たてまつり送る。明けぐれの空に、雪の光見えておぼつかなし。名残までとまれる御匂ひ、「闇はあやなし」とひとりごたる。

冷えびえとした雪の光のおぼつかなさ、そこはかとなく漂う香りの心もとなさ！これは、光源氏、紫の上、女三の宮、柏木といった人々が、これから織りなしてゆく物語世界を、すでに象徴しているかのようですが、のみならず、それがそのまま続編の世界の基調ともなってゆくのです。

❖ 続編の主人公薫と「闇はあやなし」の歌

続編の主人公薫が、生得の芳香を発する人であったことはすでにのべましたが、その芳香はしばしば梅の花の香りによそえられること、また薫に関しては、やはりこの躬恒の「闇はあやなし」の歌や、あるいは同じく『古今和歌集』春歌上、よみ人しらずの、

色よりも香《か》こそあはれと思ほゆれ誰《た》が袖ふれし宿の梅ぞも

（この家の梅の花は、色よりも香りのほうにいっそうしみじみと心を惹かれますけれども、いったい誰の袖がふれて、その袖の香が移ったのでしょう。）

の歌が、繰り返し引歌されることが、高田祐彦《ひろひこ》氏の『源氏物語の文学史』（東京大学出版会、二〇〇三年）に収められた「浮舟物語と和歌」という論文で指摘されています。この後者の歌も、その上の句「色よりも香こそあはれと思ほゆれ」は、目に見える色よりもむしろ目に見えぬ香りのほうを好んで詠むという、古今集歌の本質的な傾向を端的に言い表しているようで興味深い歌ですが、と同時に、続編では主人公の名称が光から薫に代わることとも、深く関わっている引歌であるように思われます。

続編の始発の巻である匂兵部卿巻は、次のように語り起こされています。

光、隠れたまひにしのち、かの御影に立ちつぎたまふべき人、そこらの御末々《すゑずゑ》にありがたかりけり。

要するに、光源氏のようにすばらしいお方は、あまたのご子孫のなかにもいらっしゃらなかった、光源氏亡きあとは、象徴的な意味で闇、もしくは薄明の世界であったという事でしょう。そして、この匂兵部卿巻は、次のような薫賛美で閉じられています。

…雪いささか散りて、艶なるたそかれ時なり。……御前《おまへ》近き梅の、いといたくほころびこぼれたる匂ひの、さとうち散りわたれるに、例の、中将（薫）の御香りのいとどしくもてはやされて、いひ知らずなまめかし。はつかにのぞく女房なども、「闇はあやなく心もとなきほどなれど、香にこそげに似たるものなかりけれ」とめであへり。（下略）

ここでも、躬恒の「闇はあやなし」の歌が引歌されていますが、注意しておきたいのは、先の若菜上の巻にも、「雪の光見えておぼつかなし」とありましたように、ここでも「心もとなし」という言葉とともに引歌されていることです。「おぼつかなし」のオボは、「おぼろ月夜」などのオボと同じで、はっきりしないさま。そして、強く心惹かれる対象が、さやかに見えない、確かにつかめないことから生ずる、もどかしくじれったいような、やるせないような気持が「心もとなし」です。本来はそうなのですが、この二つの言葉はしかし、互いの意味をも含意するようになり、結果的にはほぼ同義的に用いられます。

この匂兵部卿巻から浮舟巻にかけて、ここも含めて五回、薫が登場する場面で、あたかもライトモティーフのように、この「闇はあやなし」の引用が繰り返されるのですけれども、「闇はあやなきたどたどしさなれど」（早蕨巻）、「雪のやうやう積もるが、星の光におぼおぼしきを、闇はあやなしとおぼゆる（薫の）匂ひありさまにて」（浮舟巻）などと、やはりおぼつかなさが強調されていまして、いかにも薫が薄明のなかに生きる人であることを印象づけられます。

❖ 薫の芳香

いったい、この薫の生得の芳香が意味するものは、何なのでしょうか。東屋《あずまや》の巻に、薫の芳香について、女房たちがこんなふうにささめき交わしているところがあります。

「経などを読みて、功徳《くどく》のすぐれたることあめるにも、香《か》のかうばしきをやむごとなきことに、仏のたまひおきけるも、ことわりなりや。薬王品《やくわうぼん》などに、とりわきてのたまへる牛頭栴檀《ごづせんだん》とかや、おどろおどろしきものの名なれど、まづかの殿（薫）の近くふるまひたまへば、仏はまことしたまひけり、とこそおぼゆれ。幼くおはしけるより、行ひもいみじくしたまひければよ」など言ふもあり。また、「前《さき》の世こそゆかしき御ありさまなれ」など、口々めづることどもを……

「薬王品などに云々」とあるのは、『法華経』薬王菩薩本事品に「若し人有りて、この薬王菩薩本事品を聞き、能く随喜し讃善せば、この人、現世に口の中より常に青蓮華の香を出だし、身の毛孔《もうく》の中より常に牛頭栴檀の香を出ださん」とあるのを言っているのですが、この女房たちの鑽仰《さんぎょう》の言葉に、私は一種強烈なアイロニーを感じます。薫の道心は、それなりに純粋で切実なものではあるのですが、しかしながら実際のその生のありようは、秋山虔氏が、「正篇における主人公、光源氏のばあい、さまざまな運命をきりひらきつつ、類ない権勢栄華をみずからの思慮と能力とによってかちとってゆき、同時に愛情の生活を貪婪に体験してゆこうとし、その果てにようやく堅固な道心を定立しようとした人生とはかなり異なる」（秋山『源氏物語の世界』東京大学出版会、一九六四年所収「薫大将の人間像」）と言われたとおりで、たぶんに退嬰的な面があると言わざるをえません。むしろ薫においては、道心ゆえに愛と性とが乖離してしまい、皮肉なことに、色好みの匂宮以上に、愛執や愛欲に深くなずんでしまうことになるのです。

続編の世界は、一方で仏教的な深まりを見せながら、それと測り合うように、官能的なものの深みにも下りてゆく世界なのだと言ってよいと思います。そしてそのことと、主人公の呼称が「光」から「薫」に代わり、「暗香」を詠んだ躬恒の「闇はあやなし」の歌が繰り返し引歌されることとの間には、深い内的な関連性があるように思われます。

❖「飽かざりし匂ひのしみにけるにや」

『源氏物語』最後のヒロイン浮舟は、誠実な薫と情熱的な匂宮という二人の男性から愛され、また彼女自身、この二人のどちらにも深く心惹かれて悩んでおりましたが、薫と匂宮の間が、自分のせいで険悪になってゆきそうになると、ついに宇治川に入水して死のうと決意します。しかしながら彼女は、もののけに気取られて、宇治の院の裏庭の大木の根元に、意識も朦朧とした状態で横たわっていたところを、横川《よかわ》の僧都《そうず》の一行に見出されて、比叡西麓の小野の山里にあった僧都の妹尼の庵に身を寄せることになり、僧都に懇願して、出家を遂げました。次は、物語の最終帖夢浮橋のその一つ前、手習の巻の一節で、尼となった浮舟が、再びめぐってきた春の朝、紅梅の花の香に誘われて、一首の和歌を詠む場面です。

閨《ねや》のつま近き紅梅の色も香《か》も変はらぬを、「春や昔の」と、異花《ことはな》よりもこれに心寄せのあるは、飽かざりし匂ひのしみにけるにや。後夜《ごや》に閼伽《あか》たてまつらせたまふ。下臈《げらふ》の尼の少し若きがある、召し出でて、花を折らすれば、かごとがましく散るに、いとど匂ひ来れば、

袖ふれし人こそ見えね花の香のそれかと匂ふ春のあけぼの

「春や昔の」は、在原業平の名高い歌、「月やあらぬ春や昔の春ならぬわが身ひとつはもとの身にして」（『古今和歌集』恋歌五／『伊勢物語』第四段）の第二句。閨の軒先に咲いた紅梅の花の、色も香も昔に変わらないのを見て、つい「春や昔の」という感慨に誘われる。そのように、彼女がほかの花よりもとくにこの花に心を寄せているのは、飽かぬ思いのまま絶えてしまった人の匂いが、身にしみているからであろうか。明け方の勤行のために、仏前に水をお供えなさる。下臈の尼でまだ年若い者を呼んで、紅梅の花を折らせたところ、恨み言でも言うかのようにはらはらと散って、いよいよ匂ってくるので、「袖をふれたその人の姿は見えないけれども、花の

香はその人の香かとまがうまでに匂う、春のあけぼのであることよ」。

たいへん美しい一節だと思いますが、実は、このとき浮舟が「袖ふれし人」と偲んでいるのが、薫なのか匂宮なのかは、古来解釈が分かれていて、いまだに決着がつかないのです。しかし、いまはその点には立ち入りません。両説を検討した拙稿「「袖ふれし人」は薫か匂宮か—手習巻の浮舟の歌をめぐって—」（青山学院大学文学部日本学科編・国際シンポジウム『源氏物語と和歌世界』新典社、二〇〇六年）、また、これはやはり薫であろうという私見をのべた「物語の終焉と横川の僧都」（永井和子編『源氏物語へ　源氏物語から』笠間書院、二〇〇七年）をご参照いただければ幸いです。

いまここで留意しておきたいのは、歌の前の地の文にある、「飽かざりし匂ひのしみにけるにや」という言葉なのです。先に「嗅覚と記憶」のところで私は、物の匂いが喚起する記憶について、それは、過ぎ去った時の記憶を、意識の底、体の奥のほうから、一挙によみがえらせてくるようだ、と申しましたけれども、この一節がことにも印象的なのは、まさにそのような、匂いによって喚起される記憶の機微を捉えているからにほかなりません。匂いが、そのような記憶の喚起力を有するのは、意識と身体の奥深くにまで浸透するからでしょう。そのことを「しむ」という動詞が表現しているわけです。

それにしても、出家後の女性にもなお生ずる、こうした官能のゆらめきを表現することなど、正編にはありませんでした。続編の世界とは、一方で仏教的な深まりを見せながら、それと測り合うように、官能の深みにも下りてゆく世界なのだと、先に申しましたゆえんであります。とはいえ、この一節を読んで、浮舟はなおも愛執になずんでいる、だから彼女は仏道修行をまっとうすることなどできないだろう、と考えるのは早計です。人は、こんなふうにして自分の過去と向き合い、それをありのままに見据え直してゆくことを通してしか、成熟してゆくことはできないのですから。

三 人柄の香

❖空蝉

以上、まず古語の「にほふ」と「かをる」について、その本来の語義を考え、ついで、『万葉集』では詠まれることが少なかった匂い・香りが、『古今和歌集』になるとむしろ好んで詠まれるようになることについて、それが古今集歌風の本質に関わる事柄であることを考察しながら、そのつど、関連する『源氏物語』の場面を取り上げるというかたちで、話を進めてまいりました。最後に私は、『源氏物語』梅《うめ》枝《がえ》巻の薫物《たきもの》合せを取り上げたいのですが、しかしなおその前に、空蝉と花散里という二人の女君にまつわる匂い・香りについて、お話させていただきたいのです。

『源氏物語』の第二帖、帚木《ははきぎ》という巻に、空蝉という女君が出てきます。帚木というのは、信濃国は園原《そのはら》の伏屋《ふせや》という里に生えていたという伝説の木で、箒《ほうき》を逆さにしたような形をしていて、遠くからは見えるけれども、近寄ると消えてしまう、という木です。

帚木という巻は、その前半の女性談義、いわゆる「雨夜の品定め」が有名ですが、しかしこの「帚木」という巻名は、この女君に由来します。私たちはこの女君をふつう、そのつぎの「空蝉」という巻の名で呼んでいますけれども、物語のなかでは、「かの空蝉」「かの帚木」と両様に呼ばれています。

空蝉は、中納言兼衛門督《えもんのかみ》という、れきとした上達部《かんだちめ》、公卿の娘でした。父の在世中は入内《じゅだい》の話もあったし、光源氏のような高貴な男性を婿として通わせるということもありえた、そういう上流階級の女性だったのでした。

ところが、帚木巻で光源氏が出会ったとき、彼女は伊予介《いよのすけ》という年配の受領《ずりょう》の後妻でした。これは、父の死によって彼女が寄るべを失い、経済的にも困窮して、たとい伊予介ふぜいの後妻というような境遇であっても、ともかく財力のある受領との結婚を余儀なくされたのだということを、おのずから物語っております。

けれども彼女は、上達部の家柄から受領階級への転落という運命をくち惜しく思うばかりで、現在の境遇に順応することができずにいました。実直だが無粋な夫を軽蔑していたとも語られていますから、夫と一緒に伊予国に下向する気持ちになど、とてもなれなかったのでしょう。彼女は京に留まっていて、何かの事情で一時的に、伊予介の先妻腹の子息で、やはりかなり裕福であるらしい紀伊守《きのかみ》の邸宅に滞在していたとき、たまたま方違《かたたが》えのために同邸にやって来た光源氏と、ゆくりなく契りを結ぶことになったのでした。

とはいえ空蝉は光源氏に、やすやすと身を任せたのではありません。光源氏の熱心な求愛の言葉にも、

いとたぐひなき御ありさまの、いよいようちとけきこえむこと、わびしければ、すくよかに心づきなしとは見えたてまつるとも、さるかたの言ふかひなきにて過ぐしてむ、と思ひて、つれなくのみもてなしたり。

と語られています。たぐいもなくすばらしい光源氏のご様子であるだけに、いよいよ肌身を許すことは、消え入るばかりわびしくて、たとえ少しも情を解さぬいやな女だと思われても、そういう木石のようにつまらない女として押し通そう、と、ひたすらつれない態度を取り続け、身も心も固く閉ざしていたというのです。

しかし結局この時は、彼女は光源氏に抗しきれませんでした。ついに身を許してしまったあと、彼女は光源氏にこう言っています。

「いとかく憂き身のほどの定まらぬ、ありしながらの身にて、かかる御心ばへを見ましかば、あるまじき我頼《われ》みにて、見なほしたまふ後瀬《のちせ》をも思うたまへ慰めましを、いとかう仮なる浮き寝のほどを思ひはべるに、たぐひなく思ひまどはるるなり。」

「こんなふうに受領の妻などというなさけない身分に定まってしまう以前の、昔のままの身で――つまり、上達部であった父の在世中の身で、親の家にいて、このようなあなたのお気持ちに接したのでしたら、たとえそれがどんなに身の程知らずのうぬぼれでも、いつかあなたが私のことを見直してくださるかもしれないという将来をあてにして自分を慰めながら、あなたを待ち続けることもできましょうけれど、こんな行きずりの好き事の相手にされたのだと思うと、どうしようもなくつらく、思い乱れてしまうのです」。

この空蝉の言葉のなかにみえる「ありしながらの身にて」は、「取り返すものにもがなや世の中をありしながらのわが身と思はむ」という古歌の引歌で、このあとも彼女の心内を叙する文中に再三引用されるものですが、彼女の思いを端的に集約した、哀切な引歌と言えましょう。が、私には、最初の引用文中にあった、「いとたぐひなき御ありさまの、いよいようちとけきこえむこと、わびしければ」という言葉のほうが、もっと哀切なものに思われます。つまり、空蝉にとって光源氏との出会いは、彼がまことに高貴ですばらしい男性であっただけに、現在の自分の境遇のわびしさをむざんに照らし出し、思い知らされるような出来事だったのです。

❖帚木

このあと二度ほど光源氏は、彼女に逢う目的で紀伊守邸を訪れるのですけれども、二度とも彼女は光源氏から逃れて、逢瀬を重ねようとはしませんでした。先に見た場面に続く二度目の来訪は、帚木巻の巻末に語られています。恋しさに堪えかねていた光源氏は、再び方違えの口実ができるのを待ち受け、空蝉にはあらかじめひそかに消息を遣わしておいて、紀伊守邸を訪れました。さすがに空蝉も、こうまでして自分に会おうとする光源氏の思いの深さに心動かされもしたのですが、しかし、源氏と逢ったところで、いっそうみじめな悲しい思いが加わるだけだと、侍女たちのいる渡殿《わたどの》にはい隠れて、逢おうとしませんでした。そんな空蟬に、光源氏は次のような和歌を詠みおくります。

帚木の心を知らで園原の道にあやなくまどひぬるかな

（近寄ると消えてしまうという帚木のようなあなたの心とは知らず、むなしく園原の道にまよってしまったことです。）

空蟬の返歌は、こうでした。

数ならぬ伏屋に生《お》ふる名の憂さにあるにもあらず消ゆる帚木

（賤しい伏屋に生息するという名を負うことのつらさに、あるとしもなく消える帚木なのです。）

地名の伏屋に、粗末な小屋の意を重ねて詠んだものです。

❖なつかしき人香《ひとが》

ここから次の空蝉巻の話になりますが、あらかじめ手紙を送って逢いたいと言ったのでは、こうして逃げられてしまうので、今度は光源氏は、空蝉の幼い弟、小君《こぎみ》に手引きをさせて、彼女の居室に忍び込もうとします。ちょうどその頃、紀伊守も任国に下向し、好機が到来しました。

この時光源氏は、空蝉が、伊予介の先妻腹の娘、軒端《のきば》の荻《おぎ》と碁を打っているところをかいま見します。軒端の荻は、若くて肉づきのよい、美しい娘でしたが、空蝉のほうは痩せていて、「目すこし腫《は》れたるここちして」、鼻筋も通っていず、「にほはしきところも見えず」、と数え上げてゆけば、不美人と言わざるを得ないような容貌でした。ただ、目が少し腫れぼったいように見えたのには、あとで明らかにされるような理由があったのです。

碁が終わって、皆寝静まったようなので、光源氏はやおら空蝉の寝所に忍び込みますが、その衣擦《きぬず》れの音や、光源氏が着物に薫きしめている香の匂いに空蝉は気づいて、そっと寝床を抜け出します。彼女がこんなにも寝敏《いざと》く光源氏の闖入に気がついたのは、眠れずにいたからでした。そのことが、次のように語られています。

女は、さこそ忘れたまふを、うれしきに思ひなせど、あやしく夢のやうなることを、心に離るるをりなきころにて、心とけたる寝《い》だに寝《ね》られずなむ、昼はながめ、夜は寝覚めがちなれば、春ならぬこのめも、いとなく嘆かしきに……

帚木巻末以来、しばらく光源氏からの手紙も途絶えていたのでした。女は、源氏がそのようにもう自分のことなどすっかり忘れてしまったらしいのを、これで安心と、努めて思いなそうとしていたものの、あの不可解な夢のようであった逢瀬のことが、心に懸かって離れず、昼はもの思いにふけり、夜も寝覚めがちに、目の休まるいとまもなく嘆いていたので……。「春ならぬこのめも」云々は、「夜はさめ昼はながめに暮らされて春はこのめぞいとなかりける」(『一条摂政御集』)――「このめ」は「木の芽」に「此の目」を掛けています。「いとなし」は暇《いとま》がないこと――の歌をふまえ、この場面の季節は夏なので、「春ならぬ」としたものです。

先ほど光源氏がかいま見したとき、空蝉の目が少し腫れぼったいようだと思ったのは、実は、彼女がずっと光源氏を思い続けていて、涙がちに眠れぬ夜を重ねていたせいだったのでした。しかし、女の目が腫れているのがよもや自分のせいだとは、光源氏にも知る由のないことでしょう。ここにも一種のドラマティック・アイロニーが感じられます。

さて、光源氏が女の寝所に近づいたとき、そこで寝ていたのは、軒端の荻でした。この娘が、継母の空蟬と一緒に休んでいたことを、彼はそれまで知らなかったのです。彼は、この娘をていよく言いくるめて契りを結び、空蟬が羽織って休んでいたとおぼしい小袿《こうちぎ》をそっと隠し取って、退出しました。

自邸に帰ってから、彼はその小袿にくるまって休みますが、とても寝つけず、畳《たとう》紙《がみ》に次のような歌を書きつけます。

うつせみの身をかへてける木のもとになほ人がらのなつかしきかな

（蟬が羽化して飛び立っていったあとの木の下に残された脱殻《ぬけがら》のような、この小袿だが、なおその人柄がなつかしく感じられることよ。）

そしてこのあとにさらに、次のようにも語られています。

かの薄衣《うすごろも》は、小袿《こうちぎ》のいとなつかしき人香《ひとが》に染《し》めるを、身近くならして、見ゐたまへり。

「なつかし」という言葉は、現代語では「昔が懐かしい」とか「故郷が懐かしい」とか、もっぱら懐古・懐郷などの意味で使われるようですが、本来は「なつく」という動詞から派生した形容詞で、親しみやすい感じを表すのだとされています。しかし、『源氏物語』を読んでいますと、たんに親しみやすいというだけでなく、なにかこう、胸にしみ入るような感じを「なつかし」と言っているようなのです。また、「なつかしきほどの御衣《おんぞ》」などと、衣が柔らかく肌にしっくりする感じをも表しますから、この言葉は、明らかに接触感覚的な官能性をも含意しているようです。

それにしても、「なつかしき人香」とは、どんな香りだったのでしょう。それは、空蝉が衣に薫きしめていた香に、彼女自身のほのかな体臭もまじりあったようなものではなかったでしょうか。光源氏が「うつせみの」の歌を書きつけた畳紙は、小君によって空蝉に手渡されたのですが、この歌をみて、自分の小袿を光源氏が持ち帰ったことを知った空蝉は、とっさに、汗ばんではいなかったろうかと気に懸かったとあります。

ここで私はもう一度、土橋寛氏の言葉を反芻《はんすう》したいのです。氏は、『万葉集』で「正香」「直香」と表記されるタダカという言葉について、「カは人の容貌、風格を一まとめにした霊質ともいうべき観念を表すであろう」と言っていました。まさに空蝉という女性の全存在がそのなかに息づいていて、せつなく胸にしみてくるような、しかもはかなく捉えがたい香。「なつかしき人香」とは、そのようなものではなかったでしょうか。

❖空蝉の生のわびしさ

こうして空蝉は、二度も光源氏の接近から身をかわしたのでしたが、ではこの二人の関係は、これで終わってしまったのかと言いますと、実はさにあらずで、次の夕顔の巻に、こんなことが語られています。

さすがに絶えて思ほし忘れなむことも、いといふかひなく、憂かるべきことに思ひて、さるべきをりをりの御いらへなど、なつかしく聞こえつつ、なげの筆づかひにつけたる言の葉、あやしくらうたげに、目とまるべきふし加へなどして、あはれと思しぬべき人のけはひなれば、つれなくねたきものの、忘れがたきに思す。

光源氏にすっかり忘れ去られてしまうのも、さすがにはりあいのない、わびしいことに思えて、「さるべきをりをりの御いらへ」——その後も光源氏から時々手紙が来ていたことが、うかがわれます。それに対して、たとえば季節の移りゆきにつけての感慨のような、色恋を離れた事柄については、空蝉も返事をしていた。しかも、「なつかしく聞こえつつ」と、ここにまた「なつかし」が出てきますね。光源氏の心にしみいるようなやさしさを感じさせ、さりげない文面のなかにも、何かしら心に残るような言葉があって、深く心打たれるような人柄なので、相変わらずよそよそしい態度なのはしゃくだけれども、忘れがたい人だと、源氏はお思いになる。

帚木—空蝉—夕顔と続くこの三帖を、帚木三帖とも呼び習わしています。このうち夕顔の巻は、夕顔の女君との非日常的で濃密な、しかしあえなく終わってしまった恋が主題ですけれども、しかしその巻末には、空蝉との別れが語られて、それが帚木三帖全体の締め括りにもなっています。

先に私は、空蝉にとって光源氏との出会いは、現在の自分の境遇のわびしさをむざんに照らし出すような出来事であった、とのべました。しかし、光源氏と出会うことによって、ようやく空蝉は、現在の自分の境遇を受け入れて生きてゆかざるをえないのだという気持ちにもなったのではないでしょうか。夕顔巻の巻末には、空蝉が夫とともに伊予に下ることになったと語られています。光源氏は、櫛や扇などの餞別の品に添えて、かの小袿も返します。下向は、神無月《かんなづき》、十月の初旬のことでした。

今日ぞ冬立つ日なりけるもしるく、うちしぐれて、空のけしきいとあはれなり。

「神無月降りみ降らずみ定めなき時雨ぞ冬のはじめなりける」（『後撰和歌集』冬・よみ人しらず）をふまえているのでしょう。折からの空模様も、空蝉の人生のわびしさを象徴しているかのようであります。

私は、空蝉についてあまりにも長々しく語りすぎたでしょうか。しかし、彼女の人生のこうした内実を知らずして、あの「なつかしき人香」がどんな匂いであったのかを想像することはできないと思うのです。

❖ 花散里《はなちるさと》

この夕顔巻の次の若紫の巻で、光源氏は、まだ十歳くらいの少女であった紫の上と出会い、前にも、『落窪物語』と比較しながら言及しましたように、彼女を盗むようにして自邸に迎えます。しかし、彼女と新枕を交わすのは、数年先の葵《あおい》巻でのことでした。

さて、その葵巻の次の賢木《さかき》巻で、光源氏の父桐壺院が崩御しますと、朱雀帝の外祖父である右大臣と母后である弘徽殿《こきでん》の女御が政権を掌握し、かねてよりこの右大臣・弘徽殿方から快く思われていなかった光源氏は、政治的に苦境に追いつめられてゆきます。賢木巻に、こんな文章があります。

除目《ぢもく》のころなど、院の御時をばさらにも言はず、年ごろ劣るけぢめなくて、御門《みかど》のわたり、所なく立ちこみたりし馬車《むまくるま》うすらぎて、……

除目とは、春と秋の二回、朝廷で行われた人事選考のことですが、その除目が近づくと、桐壺帝在位時代はもとより、譲位後もいささかの変わりもなく、光源氏の邸の門前には、彼の引き立てにあずかろうとする者たちの馬・車が隙間もなく立て込んだものであったが、院の崩御後は、打って変わって閑散としている、というのです。権勢のある者には恩顧を求めて阿附追従《あふついしょう》しておきながら、一旦その者が失脚したりなどすると、さっさと離反して寄りつかなくなる世人たちのあざとさ、薄情さ。右大臣・弘徽殿方からの迫害はいよいよつのり、このままでは完全に政治生命を絶たれてしまいかねないと判断した光源氏は、意を決して須磨に退居し、須磨からさらに明石へと流寓《るぐう》するのですが、この逆境時代を経て再び都に召還され、今度は彼が柱石の臣として政界に重きをなしてゆく、そのような物語の大きな流れのなかで、軽薄にあるいは余儀なく「時に従ふ」者たちと、「世になびかぬ」者たちとが、さりげなく、しかし丹念に描き分けられています。

そんななかで、賢木・須磨両巻の間にはさまれた、花散里という間奏曲風の短い巻は、故桐壺院の麗景殿《れいけいでん》の女御と、その妹で彼の恋人である花散里とを、移り変わってゆく時勢のなかで、父帝在位時代の思い出をしんみりと語り合うことのできる数少ない訪問先として光源氏が訪れるという、ただそれだけの話ですが、不変の操《みさお》の象徴でもある橘の花が咲く季節の情感とも相俟《ま》って、渝《かわ》らない心というものの美しさ、奥ゆかしさを深く印象づけられる、掬《きく》すべき味わいのある巻です。光源氏が、まず麗景殿の女御に会って詠んだ歌で、この巻の名の由来ともなった歌をあげておきましょう。

橘の香をなつかしみほととぎす花散る里をたづねてぞとふ

橘の花の香がしみじみと深く心にしみ入るようですので、とやはりここでも「なつかし」という言葉が使われていることに注意しておきたいと思います。「ほととぎす」は、光源氏自身を擬したものです。

❖梅枝《うめがえ》巻の薫物《たきもの》比べ

さて、須磨・明石の流寓時代を経て、澪標《みおつくし》巻で光源氏は都に呼び戻され、それから彼は栄華と権勢をきわめてゆくことになります。それは、藤裏葉《ふじのうらば》という巻で頂点に達するのですが、その次の若菜の巻で、すでにお話ししましたように、四十歳になった光源氏は、紫の上という最愛の妻がありながら、女三の宮という若い内親王を新たに妻として迎えたことから、その栄華の内側が深刻な苦悩にむしばまれてゆくことになります。そこで、正編のうち藤裏葉までを第一部、若菜以降を第二部、そして続編を第三部と、源氏五十四帖を三部に分けて考えるということも、よく行われております。

『源氏物語』における匂いということで、私が最後にお話させていただきたいのは、その藤裏葉の直前の巻、梅枝の巻で行われた薫物比べであります。

光源氏は明石の地で、明石の御方と呼ばれる女性と出会い、姫君をもうけます。光源氏はこの姫君を入内させる心積もりでしたが、母親の身分が低いので、紫の上の養女にしました。この姫君が、藤裏葉の巻でいよいよ東宮妃として入内《じゅだい》することになります。そのための準備をさまざまに行うなかで、光源氏は薫物比べを思いたちました。

薫物とは何か。京都のお香の老舗松榮堂の社長でいらっしゃる畑正高氏の御著書『香三才　香と日本人のものがたり』（東京書籍、二〇〇四年）に、さすがその道の方ならではと思われる、具体的でしかも簡明な説明がありますので、引用させていただきますと、「沈香や白檀などの香木の粉末を中心に、丁子・桂皮・龍脳・甘松などの植物性香料と麝香・貝香などの動物性香料を隠し味として配合し、まとまりのある香りを練り合わせた」もの、とあります。用いられる香料はだいたい決まっていて、それらの配合の仕方によって、梅花、荷葉《かよう》、侍従《じじゅう》、黒方《くろぼう》、薫衣香《くのえこう》、百歩香《ひゃくぶこう》などといった、古来名高い種々の薫物が生まれるのですが、しかし、同じ梅花でも、さまざまな工夫を加えることによって、さらに微妙な変化を生み出すことができたようです。この薫物を香炉で加熱して、香りをくゆらせたわけです。

梅枝巻の薫物比べが行われたのは、二月の十日のことでしたが、それに先立って、正月の末に、光源氏から秘蔵の香料を六条院の婦人たちや朝顔の前斎院に配り、各自二種類ずつ薫物を調合することを依頼してありました。そして「きさらぎの十日、雨少し降りて、御前近き紅梅盛りに、色も香も似るものなきほどに」、風流なことを好む異母弟の蛍の宮がやってきたのを機に、「この夕暮れのしめりにこころみむ」と――というのも、適度に湿り気のあるほうが、薫物はいっそうよく香ると考えられていましたから――、女性たちに依頼しておいた薫物を取り寄せ、蛍の宮を判者として、薫物比べを行ったのでした。

❖ 薫物の調合にあらわれた女性たちの個性

この薫物比べが何と言っても面白いのは、それぞれの薫物の香りに、それを調合した女性たちそれぞれの個性や、物語のなかで占めている軽重の度合いなどが、実にたくみに描き分けられている点です。

まず朝顔の前斎院が調合した薫物について、「さらにいづれともなきなかに、斎院の御黒方、さいへども、心にくく、しづやかなる匂ひことなり」とあります。この女性は、光源氏にとって、特別な女性です。紫の上と出会う以前から、源氏は彼女に思いを寄せていました。そして彼女のほうでも、源氏に心惹かれていたのですが、しかしその求愛は拒み続けました。けれども文通は絶えず、お互いに気心は知れていて、互いに相手を大切な心の友のように思い交わしていたのです。ですから、「さいへども」は、この薫物比べの優劣の序列化からは最初から別格の存在と位置づけるような措辞なのだと思われます。

ちなみに黒方は、賢木巻で光源氏が、出家した藤壺と語り合う場面でも、「御簾《みす》のうちの匂ひ、いともの深き黒方にしみて、名香《みやうがう》の煙《けぶり》もほのかなり」とありますから、「心にくく、しづやかなる匂ひことなり」、奥ゆかしくしんみりと落ち着いた匂いは格別であると評されるにふさわしい香りだったのでしょう。

さて紫の上の調合した薫物については、「対の上の御《おほむ》は、三種《みくさ》あるなかに、梅花、はなやかに今めかしう、少しはやき心しらひを添えて、めづらしき薫り加はれり」とあります。六条院は、四季の町に分かれていて、紫の上も光源氏も春の町の寝殿の東の対で起居を共にしていますから、「対の上」は対の奥様という呼称で、紫の上をさします。なぜか彼女だけは、三種の薫物を調合しているのですね。そのなかで、「梅花、はなやかに今めかしう、少しはやき心しらひを添えて」とありますのは、ひじょうに興味深く思われます。と申しますのも、「はなやか」とか「はやき」という言葉は、『源氏物語』では必ずしもよい語感ではありません。目立ちすぎる、きつい、といった否定的な意味あいに転じかねない。斎院の黒方の「心にくく、しづやかなる」とは、正反対といってよいと思います。また「今めかし」は、ここでは現代語の「はなやか」とほぼ同義です。紫の上はこの薫物比べに、ここぞとはなやかな、才気や知性を感じさせる、そういう香りを調合したわけです。これも、いかにも紫の上らしいと思われる調合です。蛍の宮は、「このころの風にたぐへむには、さらにこれにまさる匂ひあらじ」と絶賛しています。

次は「夏の御方」、夏の町に住む花散里ですが、この人は最初から弱気で、人々がこんなに心を尽くして挑みあっているなかに、二種も出して二つとも負けるのはみじめだからと、ただ夏の薫物である荷葉だけを調合しました。しかし、それも「しめやかなる香して、あはれになつかし」と好評でした。この形容はそのまま、先ほど見ました花散里巻の情感にも通ずるもので、これもいかにもこの人にふさわしい評語と言えましょう。

最後は「冬の御方」、明石の御方です。この人は、いまは春なのに、冬の薫物を調合して負けるのも面白くないと、薫衣香の一種の百歩香を、由緒ある配合法で調合し、蛍の宮はこれも「世に似ずなまめかしさを取り集めたる心おきてすぐれたり」と絶賛しました。ここに、彼女の紫の上に対する対抗心がうかがわれますのも、実に興味深いところです。彼女は身分が低いために、光源氏との間にもうけた姫君を、紫の上の養女にしなければなりませんでした。もともとひじょうに気位の高い人なのですが、六条院のなかでは、けっして出過ぎないようにと、常に隠忍自重して振る舞っている人です。その彼女が、薫物に託して、紫の上に負けたくないという気持ちを表現している。王朝の文化とは、匂いについても、これほどまでに感覚を繊細にし、そこに心の陰翳を深く織り込めてゆくことができるような世界だったのです。

第二章

〈衣〉——染める・縫う・贈る

三田村雅子《みたむら・まさこ》

フェリス女学院大学図書館長
著書に『源氏物語　感覚の論理』（有精堂）、『源氏物語絵巻の謎を読み解く』（角川選書）他

一　身体感覚で捉える『源氏物語』

❖玉鬘の物語

私は、『源氏物語』という作品を身体の感覚で捉えるという論文をずっと書いてきました。どんな感じで捉えているのかと言いますと、たとえば、なにか心細い気持ちになったときに、お布団を被って寝てしまいたいと思うことがありますね。『源氏物語』に「衣に埋もれる」という表現が出てくるのですが、そんなふうに着物のなかに籠もってしまうような場面が描かれるのはどういうときなのか。

あるいは、着物の裾がすごく長くて、裾をいつも引いているみたいに見える人が出てきます。たとえば、葵上について光源氏の一番目の正妻になった女三宮は、「いと御衣《おんぞ》がちに」、「裾がちに」という表現が三回も出てきます。いつも衣の裾が長い。つまり小柄な人だったことが想像できますが、それだけではなく、その小柄な女性に周りの大きな期待がかかっている。華やかな衣装を着せ、その豪華さで六条院の中心の女君であることが期待されている、その期待に押しつぶされそうになって裾が長いのだ、ということも描かれているのだろうと思います。そういうふうに、衣を着ることと身体との関係から『源氏物語』を考えるとどんな感じに読めるのか、ということに興味をもっています。

哲学者の鷲田清一さんが書かれている日本人の衣装についての文章も、私はとても胸に染みるいい文章だと思います。

西洋の衣装はどちらかと言うと、「ボディ・コンシャス」というように、体のラインを明らかにする、縛り付ける、それに対して、日本の着物はゆるやかに風をはらむような衣装である。そして、その風とともに優雅に、体の動きと風の動きとが微妙に交錯しあうような、そういう身体感覚を伴って日本の衣装というものはあるのだ、と鷲田さんは書いていらっしゃいます。『源氏物語』の衣装は、まさにそういう身体感覚によって描かれているのだろう、と想像されます。

『源氏物語』と言いますと、華やかな女性たちの衣装がとりわけ印象的な作品だと思われるかもしれませんが、必ずしもそうではありません。贅沢な豪華さという意味では、同じ作者が書いた『紫式部日記』の衣装がずっと豪華です。『源氏物語』に出てくる衣装は、どちらかと言うと色数《いろかず》が制限されていて、素材についてもほとんど描かれていません。そこが特色といえるのではないでしょうか。『紫式部日記』を読みますと、紫式部が女房として宮仕えをすることによって、豪華な衣装、技術をつくした最高級の工芸品的衣装をたくさん目にし、そこにどんなふうに刺繡がされていたか、どんな意匠が隠されているか、折目に銀糸が伏せてあって動きとともにいかにきらきらと輝いていたか、ということをじつに丁寧に繊細に描写しています。

しかし、それほど繊細に、精密に描ける人が、『源氏物語』では、衣装の素材などについてほとんど描いていない、というのはひじょうに象徴的だと思います。そういう外側の派手やかさ、権力と財力に裏打ちされた摂関家の栄華、衣装の豪華さ、そういうものを描くのではなく、登場人物の性格や人柄、生き方の姿勢、そういったものを象徴した衣装を着せているというところに、『源氏物語』の方法があり、「見識」があるというように思います。

たとえば「玉鬘《たまかづら》」の物語です。玉鬘は夕顔と頭中将《とうのちゅうじょう》とのあいだに生まれた撫子《なでしこ》と呼ばれていた女の子です。

光源氏が夕顔を某《なにがし》の院というあやしげなところに連れ出して、そこで一夜を明かしているうちに、夕顔が魔物みたいなものにおそわれて、ショック死してしまう。光源氏は、これは大変なスキャンダルになってしまったと思って、その事実を隠し通します。そのせいで、取り残された夕顔のお嬢さん、玉鬘はお母さんの消息さえ知ることができずに、大人になったのです。夕顔の乳母一家の世話になって、大人になるまでずっと九州で育てられ、都に戻ってきます。

玉鬘が都に戻ってきたということを聞きつけた光源氏は、あの夕顔の忘れ形見ならぜひ引き取りたい。内大臣、頭中将の娘だとすればよけい引き取りたい、と考えます。なぜでしょうか。本当の父親の内大臣のところにお嬢さんが引き取られれば、美しい娘は相手の有力な持ち駒となります。それよりも、自分のところに来たほうが自分にもうれしいし、自分の館の美しい花のような姫君になって、多くの男たちを引きつけてくれたらそれもいい、というように光源氏は思ったのでしょう。玉鬘のためというよりも、ライバルに対する牽制という性格もあったのですね。本当のお父さんにも教えてあげないで、こっそり自分の家に引き取ってきます。

玉鬘は、発見されたときはたいへん苦労していました。九州の豪族から求婚されて、その相手がどうも気に入らなかったものですから、そこにはいられないとほうほうのていで、都に身一つで逃げ帰ってきました。九州で長年受領《ずりょう》をやっていると普通なら不正蓄財でお金持ちになりますから、財産をたくさん持って帰ってくるのですが、ほとんどなにも持たずに帰ってきた玉鬘一行は、都に帰ってきてさっそく生活に窮しはじめます。どうかお母さまお父さまに会わせてほしい、と神社仏閣に参詣をするわけですが、長谷寺に参詣に向かう途中、椿市《つばいち》のあたりで、じつは夕顔の乳母子であった右近と出会います。

その右近と出会ったときの玉鬘の衣装が、こう書かれています。

四月《うづき》の単衣《ひとえ》めくものに着込めたまへる髪のすきかげ、いとあたらしくめでたく見ゆ。中にうつくしげなる後手《しりへで》のいといたうやつれて、（玉鬘巻）

たいそうやつれていらっしゃって、「四月の単衣」——夏になったときの単衣でしょうか、髪の毛のうえに薄い単衣の着物を着込めて、髪がばらばらしないようにして、徒歩で長谷寺に参詣するときのようすです。めったに見馴れない衣装が印象的です。透けて見える髪の毛は、外に出したらどんなにすばらしい髪の毛なのかと思われる、と「いとあたらしく」――「あたらしい」は「惜しいような感じがする」という意味です――ご器量がもったいないような、すばらしいようすにお見えになった、そういうふうに書かれています。

❖着物は魂の容器

そのあと、玉鬘は右近一行と出会います。右近は光源氏に女房としてお仕えをしていて、「あの夕顔の秘密はぜったいに言わないように」と釘を刺されています。その右近が「じつはあの夕顔さまの忘れ形見の方を長谷寺で発見したのでございますよ」と光源氏に報告する。そうすると光源氏は、「ぜひその人を君の家に引き取って支度をさせて、ぼくの館、六条院に連れてこいよ」と言う。それで右近はまずお引き取りして、それから衣装をいろいろと準備してあげます。

光源氏ってわりとしっかり者だなと思うのは、「まず会いたいな」とか「夕顔の忘れ形見だったら、まず私のところに連れてきなさい」とか言うのではなくて、まず掛詞、縁語のいっぱいある難しい歌を贈るんですね。そうすると、玉鬘もちゃんと難しい掛詞、縁語を使いこなした歌で返してくる。そうすると、「ああ、この人は頭がいい。字も下手ではない」と、これで光源氏家の娘としての試験に合格したわけですね。

光源氏には、ある程度以上の水準の人だったらちゃんと引き取って、たとえ血縁でないとしても養女として迎えようという気持ちがあるのですが、そうでなかったらそれまでよという、そういう冷たいところがどこかにあるんですね。

頭中将が自分のご落胤だった近江の君という人を引き取ったらとんでもない人で、頭をかかえてしまったという話が平行して描かれていますが、光源氏は玉鬘がしっかりとした人であるということをちゃんと確認してから引き取っている。それはとてもおもしろいところだと思います。

その右近の屋敷で、玉鬘はきちんと着物を仕立ててもらい、

右近あれば、田舎びずしたてたり。殿よりぞ、綾何くれと奉れたまへる

光源氏のところからも綾だとか高級品の布地を贈って、そしてそこで右近監督のもとに仕立ててもらって着てきなさい、というかたちで六条院に迎えた。そのときに光源氏は、「ぼくにも顔を見せなさいよ、ぼくも親みたいなものだからね」と

言って、灯火を近くに灯させてよくよく見た。見るとたいへんきれいな人だった。むしろ夕顔よりももっときれいな、内大臣、頭中将の血を受けた高貴さで、頭がよくて輝いていているように見えた、そういう人だったんですね。

光源氏は、すっかりこの新しい玉鬘の君に心惹かれていきます。その年にもいろいろ着物を用意させたんですね。

年の暮に御しつらひのこと、人々の御装束など、やむごとなき御列《つら》に思しおきてたる、かかりとも田舎びたることなどやと山がつの方に侮り推しはかりきこえたまひて調じたるも、奉りたまふついでに、織物どもの、我も我もと、手を尽くして織りつつ持て参れる、細長《ほそなが》、小袿《こうちぎ》のいろいろさまざまなるを御覧ずるに、「いと多かりけるものどもかな。方々に、うらやみなくこそものすべかりけれ」と、上に聞こえたまへば、御匣《みくしげ》殿に仕うまつれるも、こなたにせさせたまへるも、みな取う出させたまへり。

「かかりとも」――こんなふうにはなったけれども、田舎じみた女性かもしれないと思ってすこし侮って、前もって光源氏の方で用意した着物もあったのですが、実際に会ってみたらそれどころではない、と今度は本格的に他の女君たちと同等の衣装を用意しようとするのですね。二段階ある。

みなさんご存じだと思いますが、昔はお正月になると着物を新調していましたね。奉公人たちみんなにも仕立て下ろしの着物をあげるということが、その家の人であることのしるしだった。あれは、着物に魂をこめてあげる慣習です。お年玉の「玉」も「魂」だと言われますが、新年のお仕着せも魂を分与する手段です。あげる人の魂を分与する、魂をあげるんですね。着物は魂の容器なんです。ですから着物をまるごと仕立ててからあげる、こういうかたちで人にあげるのがお正月の着物の分与の仕方です。魂はいくら分与しても減らない。どういうわけだか、たくさんあげればあげるほど豊かになっていくというものであります。

平安時代の作品に、天皇が臣下に大袿を賜わすということがよく出てきます。光源氏が元服式を挙げたときも、左大臣には大袿をあげています。大袿というのは、大きめに仕立てた着物なんですね。すぐ着られるわけではなくて、家に帰ってからほどいてもう一度縫い直すのですが、なぜ着物のかっこうをしているかというと、魂の容器だからなんです。天皇の魂がそこに含まれている。そういうものをもらうということが、臣下としてもっともうれしいことです。見事に舞を舞ったりすると、天皇が着ている着物を一枚脱いであげる。これが最高の贈り物である。そういう考え方がありました。

この場合も、光源氏が玉鬘に着物をあげるということは、自分の管理下にあって大事に庇護する女性の一人として考え始めたということを意味しています。玉鬘を六条院の重要な女性の一人としてしかるべき待遇を与えよう、そういうことを表しているわけです。前もって玉鬘のために用意した着物はあるのだけれども、さらにもっといい着物もあげてもいいかなということで、この「玉鬘」の巻の最後に衣配りの場面が出てきます。

❖衣配り

京都国立博物館寄託の『源氏物語画帖』に、この衣配りのシーンが描かれています（口絵参照）。男性が一人いますが、これが光源氏です。光源氏の前にいるのが紫上です。紫上は源氏邸の衣をすべて管理・掌握しています。衣の染色、仕立てができるということが当時の正妻の資格なんですね。花散里《はなちるさと》もうまいですが、お正月のような特別の折りの衣装は象徴的に第一の妻である紫上によって管理されているのです。

紫上のところで、すばらしく見事に仕立てられたお正月用の衣装をたくさん見て、「これをそれぞれの方がたに配ったらいいじゃないか。その一員に玉鬘も入れてあげよう」——つまり六条院に従来からいる方がたと同列に扱って、しかも「彼女らしい個性のあるものを選んであげましょう」と光源氏が提案するんですね。ここで初めて、玉鬘がおしのびの御落胤という待遇から、六条院の主たる女君の一人として待遇されることになるのです。「あなたはどういうものを着たいですか」と訊くと、「私は自分では選べないわ」と紫上が言うものですから、「それでは私が選んであげましょう」と光源氏が選んでくれたのが、

紅梅の紋浮きたる葡萄染《えびぞめ》の小袿、今様色のいとすぐれたる

これが紫上のために選んだ着物でした。紅梅織の紋が浮き出ているワインカラーの小袿を着ていて、それに今はやりの今様色の、ピンクの濃い色のとてもいい感じの色を重ねている、こういう着物を紫上に贈った。紅系の濃い色というのは、当時はもっとも高貴な人に与えられる着物でしたから、紫上には最高の高貴な衣装が選

ばれたということになります。

　そして、紫上の手許で養女として大事に育てられていたのが明石姫君《あかしひめぎみ》です。光源氏の唯一本当のお嬢さんですね。明石君《あかしのきみ》のお嬢さんですが、この明石姫君には、つぎのような衣装でした。

桜の細長に、艶やかなる掻練《かいねり》添へて

「桜の細長」は桜重ねですね。上が白で、下が紅の細長、これは堂上の衣装でしょうか。高級品です。細長の衣装を着て、艶やかな掻練――艶やかな紅でしょうか――の着物を添えて明石の姫君の衣装にした。これは若いお嬢さんらしい華やかな色調の衣装ということになります。

　それから花散里に選んだのは、

浅花田の海賦《かいぶ》の織物、織りざまなまめきたれどにほひやかならぬに、いと濃き掻練具して

「浅花田」は薄い水色の海賦、あまり華やかでない色で、海のなかの生物をいろいろ織りだした由緒ある紋様になっていて、こくのある濃い紅の掻練を添えている。水色としぶい赤の組み合わせで、いかにも花散里らしいですね。ちょっと地味で落ち着いて上品。落ち着きすぎているかもしれません。そういう色調を選んでくれた。

そしてやっと玉鬘の衣装が出てきます。これまでの順番は六条院における位置づけ順だと考えられますが、玉鬘は衣をもらった人たちのなかではちょうど真ん中あたりに位置づけられています。彼女のもらった着物は、

曇りなく赤きに、山吹の花の細長

真っ赤な色と真っ黄色の山吹色とが合うとどんなに華やかになるか想像できますが、ちょっと上品さに欠けるかもしれません。これを紫上は脇でチラチラと見て、まだ玉鬘という新しく引き取られたお嬢さんを見たことはないのだけれども、「その顔形によそえて差し上げればいいでしょう」と言っていますから、光源氏が選んでいる派手なのを見て、「きっときれいな方なんだろうけれども、ちょっと頭中将

に似ていて、奥ゆかしいところはない方なのね」と思った、と書いてあります。なかなかの観察眼ですね。

つぎに末摘花《すえつむはな》の君に選んだのは、

柳の織物の、よしある唐草を乱れ織れる、いとなまめきたり

柳の織物で、唐草が乱れ織りしてあってすごく上品なんだけれども、優美と言えばいいのですが、「でもこれを着るのがあの人だ」と思って、光源氏はちょっと苦笑しているんですね。この京都国立博物館の絵の光源氏と紫上の前に置いてあるのは、緑と白の組み合わせですから柳の織物です。末摘花に贈る着物を目の前に置いている場面ですね。光源氏が目の前の上品な衣装に苦笑しているところです。「これで末摘花を想像されては困る。きっとぜんぜん似合わないだろうな」と思いながら贈るのです。これは「かくあってほしい」という光源氏のイメージを託していますね。「これぐらい優美であったなら、光源氏の妻としてふさわしいのにな。そうはいかないだろうけれども精一杯着てほしい」という期待をこめた光源氏の贈り物です。衣というのは、着る側の問題というより、贈る側の願望の表明ですね。期待

されたイメージと本人との落差というのが、末摘花物語では大きかったのです。
そしてそのつぎが明石御方ですね。

梅の折枝、蝶、鳥飛び違ひ、唐めいたる白き小袿に、濃きがつややかなる重ねて

白の地に唐めいた梅や蝶や鳥、折枝が織られていて、そして濃い紫色の下着が重なっている。すごく上品ですね。「なんでこんなに上品なものが、身分的に言えば受領階級にすぎない明石御方なんかに与えられるのだろう」と、紫上はちょっと穏やかならぬ気持ちで見ている。自分がもらったワインカラーの衣もとてもいい色なのですが、さらに高貴に見える。「これはあんまりだわ」というように嫉妬の思いでそれを見ていると描いてあります。

そして最後は空蝉《うつせみ》の御方。これは光源氏の物語では最初に描かれた恋の相手でしたね。年上の伊予守の奥さんになってしまって、鼻も曲っていて、色気がなくてちっともきれいじゃないと書いてある。そこまで遠慮なく書かなくてもいいと思いますが、手も顔も痩せていると書いてある。でもその人がとても優美で、しかもとても強い自負心、プライドをもっていて、光源氏に安易に身を許そうとしない。光源氏がどれほど恋い焦がれても、冷ややかに突き放して自己を守ろうとする。自分が本当に生きようとする、その生き方を大事にしている人である、ということに光源氏はいたく心惹かれるわけですね。

光源氏はそのあとずっと何年も空蝉に心惹かれ続けていますが、空蝉が出家してしまったあとに自分の屋敷の二条院の東院に彼女を引き取ってきて、尼として暮らさせています。光源氏と空蝉が密通していたことは世間では知られていませんから、なぜ空蝉が光源氏の屋敷に来ていることが無理ないこととして感じられたのかと考えますと、おそらく光源氏の家、源氏の家の出身だったのでしょうね。親戚筋にあたっているのではないかと想像されます。空蝉は、光源氏に身を寄せてもおかしくない境遇であって、そういう人が光源氏の勢力のある屋敷の一番片隅のところで生きている。その人には、

青鈍《あおにび》の織物、いと心ばせある、梔子《くちなし》の御衣、聴色《ゆるしいろ》なる添へて

尼さんですから青いグレーの織物の着物、それと梔色《くちなしいろ》、これは黄色い色ですね。その下着を重ねて、聴色というのは光源氏の着物の一部なのだそうですが、赤い色

の薄い色、こういう色を添えて、着なさいと贈ったと書いてあります。

ここでは贈っただけで、それぞれどんな人か紫上は想像しています。私たちも『源氏物語』の登場人物がどんな顔をしていたかはわからないけれども、この衣装の選び方でちょっと想像ができてしまうところがありますね。紫上という人の匂いやかな美しさ。明石姫君の愛らしいかわいらしさ。花散里のちょっと地味な、落ち着いた美しさ。末摘花の色気の足りない中国風なところ。明石御方の凛とした美しさ。空蝉はやわらかで、おとなしい赤。でも光源氏の着物をもらっているということは、光源氏の密かな着物が下着に活かされているわけですから、やはり特別の思いを込めて贈られたものだということがわかります。色だけではない複雑な贈与行為ですね。

玉鬘の物語はこうやって、六条院の第一線の女君たちに互して、玉鬘が評価され、位置づけられたことを示しています。田舎巡りをしてきた玉鬘の貴種流離譚の終わりが、玉鬘の「衣」の獲得で語られているわけです。

二 『源氏物語』の着こなし

❖登場人物を衣装の色で表す

これらの着物を着た場面があります。初音《はつね》巻の冒頭です。光源氏が「今日この着物を着なさい」という連絡を回して、全員が着たところで六条院を巡回していきます。そして、一人ひとり女性たちがどれほど似合っているかを確認するんですね。六条院の女君たちはみな満足すべきようすだったようです。

でも、着物は豪華だったけれども、みんな髪の毛がちょっとやつれているんですね。紫上については書いていないのですが、明石御方も花散里もやつれていますし、末摘花はもっとやつれて白髪だらけになってしまっている。末摘花の場合は、どういうわけか光源氏にもらった柳の着物だけを着ていて下に重ねる袿《うちぎ》がないんですね。一月の寒いときに「どうして袿がないのか」と聞くと、「忙しくて縫う暇がなくて」とか「暖かい毛皮はお兄さんにとられてしまったの」とか言っている。しようがないので袿用の実用的な着物をあとでたくさん贈ったと書いてあります。

そんなふうに、みなが着たようすをもう一度光源氏が見て回る。衣装コンクールみたいですね。そのなかで一番心惹かれた人のところで夜を明かすわけですが、それは明石御方だった。衣配りの取り合わせの段で、すでに予感されていたことではありますが、正月最後の夜の明石御方の意外な勝利でした。

ここでは、『源氏物語』の登場人物を衣装の色で表すという方法が、じつに効果的に使われているように思います。『源氏物語』ではほかにはあまり色について描かれていないにもかかわらず、ここで集約的に色について描かれている。いわゆる十二単《ひとえ》は、たくさんのいろいろな色を使って着ていく、そういう着物ですが、たくさんの衣の色目の一つひとつを描くのではなく、すべての女性について二色の取り合わせでしか描いていない。その絞り込んだ二色の取り合わせによって、その人物の性格をはっきり示していくという的確な描き方です。

衣装についてあれもこれもと欲ばって描くわけでは決してありません。平安時代の十二単はみんな同じサイズで同じ形をしていますから、スタイルの区別はありません。そのかわり、素材と色で差別化しているわけですが、素材自体の豪華さはあまり書かず、色の美しさ、色と色の取り合わせの美しさで表していく、ある種の制約の中のストイックさが、女性たちの容貌について想像の余地を残している。そこがうまいところですね。

余談になりますが、小さいころに『千夜一夜物語』を読んだことがあります。あの最後に結婚のシーンがありまして、シェラザードの妹が王様の弟と結婚するのですが、毎日毎日衣装を取り替えて、最後の結婚式まで結婚の宴が何日も何日も続く場面がありました。それもすごく豪華で見事でしたが、『源氏物語』はそういうダイレクトな豪華さではない。ひじょうにつつましい、落ち着いた衣の選び方をしている、というのが特徴的かと思います。むしろ着物の色だとか刺繍だとか素材の豪華さだとかよりも、着こなしですね。くつろいで、「しどけなく」着ている、というような着方に注目し、そこに執着しています。

「しどけなし」というのは現代語では「だらしない」ということですが、光源氏の着物の着方はいつも「しどけない」んですね。ちょっとゆるんでいる。いつもきちっとしていて隙のない「うるはし」い格好をしているのは頭中将で、それに対して、光源氏はいつもどこかゆるんでしまっていて、そのゆるみが彼自身のゆとりとか余裕とか、といったことを感じさせる。

紫上の着物の着方も、「くつろかである」とか「なよよか」とか「なよらか」とかという表現が多い。つまり着物のおろしたてを着たときは繊維が固くてパリパリしているので、「なよよか」にはならないのですが、それが少し柔らかくたわんでくる、そのたわみそのものに美しさを見出していくような新しい美意識、そういうものが『源氏物語』には全体としてあるのではないかと思います。

『源氏物語』の衣の色について、伊原昭《いはらあき》先生の精細な研究があります。植物の名前がひじょうに多くて、この時代の人びとが庭や前栽などに植えた植物の色と着物の色とがちょうど共鳴しあうような関係として捉えられている。匂いもそうですね。春になれば梅花香を焚いて、紅梅などの衣装を着て、そして庭には紅梅があって、香りをはなっている。そういう三拍子揃った自然との交感関係をつくりあげていくというところが、平安時代の文化の特色であると思います。

❖晴れ着を縫う充実の時

日本の着物の染料というのは、基本的に植物性のものが多いと言われています。

それは、私たちの先祖が植物の樹液との交感のなかに衣というものを考えていたということを意味しています。色を染めるだけなら、たとえば苔なんかでも色は染まるそうです。しかし、日本人はそういうものは好まない。金属でも染めることができるのですが、植物性の染料をとくに好んだ。そして着物の重ねの名前も、紅梅だとか桜だとかいった植物の名前を好んだ。平安時代の人々はそういう自然交感的な生き方をしていたのだろうと思われます。

豪華な衣装はもちろん『源氏物語』にたくさん出てくるのですが、私がとても興味をもっているのは、そういう豪華な衣装がただあるのではなくて、それを作っていく、縫っていく、染めていく過程がよく見えるように描かれていることなんですね。ぜんぜん知らない身分の低い職人たちがどこかで作った豪華な衣装を持ってきて着る、というのではありません。先ほど出てきた着物も、紫上のところにセンスのいい女房がいて、紫上自身もひじょうに染織の才能があって、そこで一つひとつ染めさせ、そして染め上がりを見てはきれいに縫っていく。その染める過程と縫う過程を目の前にしながら着物がしだいに仕立てあがっていく、そういう時間をとても大事に考えているということですね。

平安時代の女性たち、妻たちは、縫い物の技が見事にできる、染め物がちゃんとできるということがとても重要でした。そういう才能がある人が妻としてすばらしいと考えられたわけです。紫上がまさにそうですし、花散里もとても上手だと言われていました。『源氏物語』以前ですと、『落窪物語』の主人公・落窪の姫君が、縫い物がとても上手だったと描かれています。つまり最上級貴族の奥方であっても、自ら手をおろして染め物をしたり縫い物をしたりするという時間を、とても大事に考えたということです。

昔、戦争に出ていく人たちに千人針を贈ったことがありますね。千人の女性が少しずつ縫って、結んで無事を祈った布です。縫い物というのは、ある種、魂というか思いを込めていく、そういう作業だと思います。べつに千人針を巻いたからといって弾が当たらないとはかぎらないのだけれども、だれか女性がその人の命を守ろうと思って必死になってやってくれたということが、心を支えてくれるような感じがしたわけですね。ですから、縫ってもらった着物を身につけるということは、特別の力を着る人に与えていく、そういう力をもっていたのだと思います。

『蜻蛉日記』の作者、道綱母という人はとても縫い物が上手で、旦那さんの兼家の縫い物をずいぶんやらされています。兼家の新しい愛人、町の小路の女がぜんぜん縫い物ができなかったりすると、兼家はふだんはそっちにいるのだけれども、縫い物だけは道綱母に回ってきたりする。「けしからん」とか思いながら、でもちょっとうれしいんですね。「やっぱり縫い物は私のところでなければだめなのね」と思っている。縫い物ができるということが、妻としてのプライドと言うのでしょうか、彼女を守り続けていく。そういうことでもあるので、最後までずっと縫い続けていきます。道綱母は、後半は旦那さんとずっと別居、離婚状態なのですけれども、着物だけは依頼されるんですね。怒りつつ、「やっぱり私が妻なんだ」と思いながら縫っている、というようすが描かれていました。

私は『源氏物語』の縫い物の場面をとくにおもしろいと思うのですが、そのような場面は『源氏物語』の最初のほうだけではなくて、最後の「宇治十帖」になると、ひじょうに多くなってきます。宇治に住んでいる八宮《はちのみや》の姫君たちというのはみんな貧乏で、どちらかと言うと生活に困っている人たちですから、着物をもらうというよりは、とりあえず布をもらうんですね。宇治でだれにも会わないわけだし、暇だから縫うことはできるだろう、ということで生地だけをどんどん送ってきて、その生地をしょっちゅう仕立てている、という場面が出てきます。

早蕨《さわらび》巻でも、中君の女房たちが一所懸命に縫い物をしている場面が出てきました。『国宝源氏物語絵巻』にも描かれていますね（左頁挿図参照）。あれは中君が都に迎えられる、晴れて匂宮の北の方として都に迎えられる準備のため、新しい晴れ着を縫っているという場面でした。晴れ着を縫うというのは、ちょっとうれしいことでもありますね。私たちは既製品がすぐ手に入るという文化を生きていますので、できあがったものをいつも目にしていますけれども、自分の望みがかなえられて晴れて都の二条院、昔、紫上が住んでいたところに中君が迎えられる日を毎日夢見るように縫い続けていくのは、やはり充実の時だろうと思います。長引かされた期待の時間が展開されているのです。

それは日本だけのことではなくて、たとえば西洋にも、お嫁入りする人がブライダル・ボックスを作って、大きな長持に自分の使うシーツとか枕カバーとかネグリジェとかを少しずつ刺繍したりして、きれいに作ってためていく、そういう習慣がありました。いまもあるかもしれません。結婚までの日々をそれで埋めて、箱ごとお嫁入りをする。私が小さいころ読んだ『赤毛のアン』には、アンが一所懸命にそのブライダル・ボックスの中身を縫っているシーンがありました。

何年か前に公開されて評判になった『キルトに綴る愛』という映画は、結婚をひかえた若い女性のために、お嫁入りするときに持たせるキルトを、年配の女性たち

縫い物をする中君の女房たち。
『国宝源氏物語絵巻』より
（徳川美術館所蔵）

も加わってみんなで布の一つひとつに思い入れを込めて縫いながら、それぞれの人生を振り返るという物語でした。縫うという行為は時間がかかるけれども、とても思いがこもっている。みんなの思いが一つになっていくような、そういう出来事だと思うんですね。

❖着物を縫う／揺れる心

中君は、「都に行ってほんとうに幸せになれるのかしら。周りの女房たちは、豪華な着物だからすばらしい、と思っているかもしれないけれども、そんな簡単なものであるはずはないわ」と思っているんですね。その着物を縫っている場面と、それを見ている中君の揺れる心とが同時に語られることによって、あるべき将来が目の前で少しずつ形をあらわにしていく、そういう過程につきあっていくということでもあります。

中君の物語では、たしかにそうやって都に引き取られていって、そして幸せになったのですね。匂宮という人は浮気な男ですからいろいろ問題はあったのですが、でも第一皇子が生まれたことによって明石の中宮からも認めてもらえて、都でもみんなにちやほやされて、だんだん幸せになっていった。ところが、その中君のあとに出てきた浮舟という人は、幸せになれなかったわけですね。

浮舟は、中君が匂宮に誘われて都に行ってしまうので、どうしてもがまんができないとあとを追いかけていた薫に対して、身代わりとして提供された異母妹でありました。同じ宇治の八宮の娘であったのですが、大君と中君という二人の八宮の娘は、八宮と北方《きたのかた》のお嬢さんでした。それに対して、『源氏物語』の最後、「宇治十帖」の最後に出てくる女性ヒロイン浮舟は、この八宮のご落胤、三番目の娘という役割を与えられています。この人は、北方の姪にあたる中将君《ちゅうじょうのきみ》という女性がお父さんを早くに亡くして困っていたのを、北方が引き取って娘のようにかわいがっていた。その中将君に、北方が亡くなったあと八宮が思いを寄せてしまう。その結果生まれたのが浮舟でした。

八宮はとてもまじめな人で、北方との愛情を大事に考えていましたので、その北方が亡くなったあとは後妻などもらうまいと決心していた。ところが北方の姪が妊娠してしまう。これは困ったことです。北方の姪ですが、仕えていた女房ということになりますと――女房に手を付けたというのはよくある話ですが――そういう人は一般的に召人《めしうど》と言われました。召人というのは奥さんではない。でも女房よりはちょっと格が高い、そういう人なのですが、子どもができると奥さんになってしまうんです。母親としての地位というのはばかにできませんから、子どもができるとやっぱり妻としての待遇を要求するような、そういう地位になります。

八宮にはそれが気に入らなかった。北方が亡くなられたあとは、八宮は独身を通そうと思いあらゆる縁談を断っていたのに、こんな女との間に子どもができてしまった。それを認めてしまうということは、そのままこの女を後妻として認めることになる。それは二人の娘に対しても申し訳ない。亡き北方の思い出に対しても申し訳ないと思って、八宮は強引にこの親子を追放してしまうんですね。浮舟は、まだ産まれてもいないうちに、そんな子どもは知らないと追放されたお嬢さんです。

追放されたけれども、この浮舟は長女である大君にそっくりでした。大君に心寄せていた薫は、大君が亡くなってしまいますと、その妹さんだからというわけで中君を追いかけ回すのですが、中君はもう匂宮の奥さんですから薫なんかと冒険していてはろくなことがない。ですから中君は、「もう一人妹がいるのよ。その妹はお姉さんの大君そっくりなんだからいいじゃないの」と言って紹介してくれるんですね。

薫は彼女を大君の思い出のこもる宇治の地に連れて行って、「昔の大君に会ったような気になる、そっくりの人なんだから」という気持ちでいるのですけれども、じつはその前に、中君のところにしばらく身を寄せていた浮舟の姿を見てしまった人がいる。匂宮ですね。

匂宮は、二条院の奥の端っこの部屋にいて中庭を眺めている浮舟を見て、「すごくきれいな、若い女房が来たじゃないか。この女に手をつけないでおくものか」と思って、すぐに口説きはじめて、抱きすくめたりするわけですね。そうすると、女もぶるぶると震えながら、まんざら嫌でもないみたいな、かわいいようすをしている。それで匂宮はその女にたいそう心惹かれたのですが、「匂宮のお母さんである明石中宮がご病気です」とみんなが大騒ぎして、結局その場では思いをとげることができなかった。

そのあと、浮舟はさっと行方をくらましてしまう。「中君のところにいてはろくなことがない。中君の旦那さんを寝取ったなんて言われたらたいへんなことになる」と思って、三条あたりの小家《こいえ》に身を隠していたのですが、そこを薫が訪れて宇治に連れて行った。「石高きわたりは苦しきものを」なんて言いながら、彼女を抱き上げて、牛車に乗って霧の漂う宇治の世界に入っていった。このあたりの二人の衣が霧で濡れて色が移っていったというシーンも印象的ですね。

この浮舟がじつは薫に隠されていたということを、のちに匂宮が気づくわけです。宇治から中君のもとにやってきた手紙――「これは宮様に絶対にお見せしないように」と注意されていた手紙ですが――それを聞きつけた匂宮が不審に思ってその手紙を見てみると、どうも二条院で口説いた彼女の手紙に間違いない。そうすると、この女は宇治にいる。薫がこのごろときどき宇治に泊まっているのは、こういう女がいるからじゃないか。と、どんどん彼の頭は回転して、薫の隠している女は、じつは自分の好きだった女ではないか。そこまで推理して匂宮は宇治まで訪ねていき、ついに浮舟を発見してしまうのです。それが『源氏物語図屏風』の絵の場面です（左頁挿図参照）。

❖「物詣で」の衣装を縫う

のぞき見をしているのが匂宮で、いちばん右端にいるのが浮舟です。浮舟の周りにいる女房たちは、明かりを前に一所懸命に縫い物をしています。なんで縫い物をしているのかというと、これから長谷寺に物詣でに行くためです。物詣でには衣装を新調して、清らかな衣装で行くんですね。ですから、物詣での前日はみんな必死

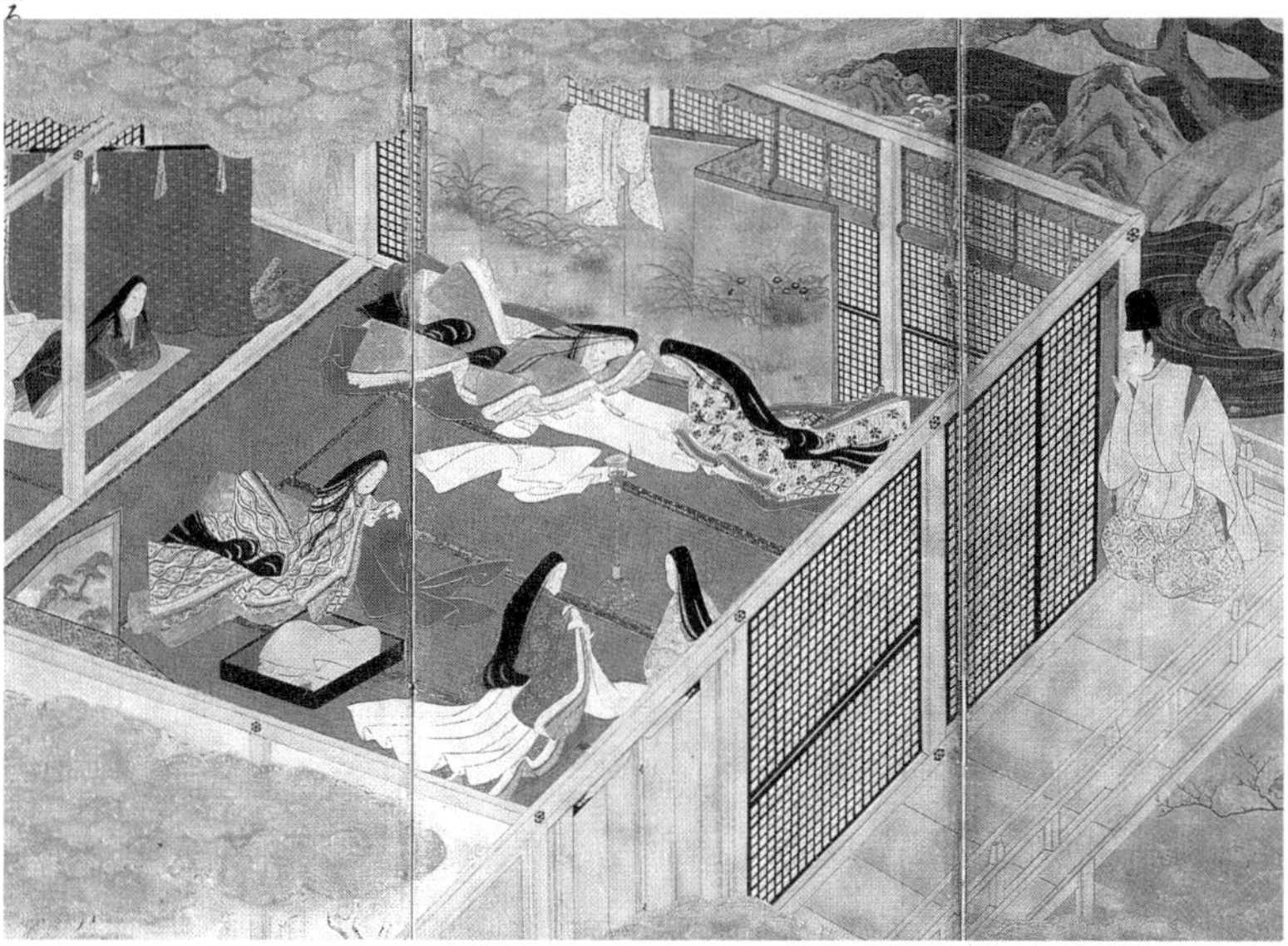

photo © Michael Cavanagh, Kevin Montague

浮舟の女房たちの裁縫シーンを
のぞき見する匂宮。
『源氏物語図屏風』より
（インディアナ大学美術館蔵）

で縫います。この時代の縫うスピードというのはひじょうに速くて、一着の着物なら一晩で縫い上がってしまいます。

しかし、この夜は、女房たちのやる気にかげりがありました。「物詣でなんて行きたくないわね。あんな遠いところに行くのはいやよ」とか言って、女房たちが浮舟のお母さんや乳母の悪口を言っているんですね。「物詣でなんて古い人間のすることよ。神や仏に頼んだってていいことなんてないわ」なんて言ってあまりやる気がない。「うちのお姫さまも、二条院の上、中君さまみたいにお幸せになればいいわね」とか言っていると、「『中君みたいに』なんて言わなくていいのよ。よその人を言うみたいに、縁もゆかりもない人ならそんなことを言ってもいいけれども、中君のことを比較に出すなんて失礼よ」と浮舟がたしなめているんですね。

「おお、この女は中君の親戚なんだな。たしかに似ている、どういう関係なんだろう」。匂宮は、自分の屋敷で見かけた女が薫の隠している女と同一人物であるということがわかっただけで夢中になる。しかもその相手がすごくかわいくて、しかも自分の奥さんとなんらかの関係がある。ますます興味津々で、ずっとのぞいていました。そうしていると、みんながもう明日の朝早いから寝ましょうと言って、縫いかけの衣を放り出して、灯を消して寝たころになって戸をトントンと叩きます。

咳払いの音、「あてなる咳《しわぶき》」、つまり「高貴な咳払い」と書いてありますが、その「あてなる咳」を聞いて、「あ、薫さまだわ」と女房たちは思うわけですね。薫が来るときはいつもそうしているので薫だと思っていると、「明かりを暗くしなさい」と言う。「なぜ暗くするのですか」と聞くと、「どうしても浮舟に会いたくてやってきたのだけれども、盗賊にあってボロボロのかっこうになってしまった、みっともないので明かりを暗くしなさい」と言う。

しようがないから暗いままドアを開けると、薫と同じいい匂いがする。「ああ、薫さまだ」と思いこんでいますから、「どうぞいつものところに」と言うのですが、匂宮はいつものところってどこだかわかりませんから、「ここでいいよ」と言ってそこに座り込みます。そこに浮舟がやってきて、「ほかの連中は遠慮しなさい」とか言ってそこで二人で寝る。

しばらくたってから、「あ、違う、この人は薫ではない」と浮舟は気づくんですね。でも最初に気づいていたら、「キャッ」とか「誰か」とか、いろいろ声のあげようもあったのだけれども、ここまできた以上はいまさら声をあげようもない。あげられないで、そのまま終わってしまったというひじょうに微妙な、エロティックな描き方をしているのがこの場面であります。

「眠いな、眠いな」なんて言っているときですから、みんなも充分には注意を払わなかったのでしょう、そんなところに匂宮が入ってきて、その関係が三角関係になってしまった。そういうシーンが、やはり縫い物のシーンで描かれています。これはやはり物詣でのための衣装なのだけれども、途中でやめてみな寝てしまった。その衣装を縫い上げることにみんながあまり熱心でなかったということは、みんなの気持ちが一つではない。そして、なにがなんでも結婚して幸せになるということだけが幸せじゃないと思っている、そういう気持ちがこの匂宮を誘い込んでしまった、そんなことにもなるのだろうと思います。

そのあと浮舟は匂宮とずっと密かに関係を続けていきます。ところが、雪がすごく深く積もった日なんかに、薫は浮舟のことを思って、「衣かたしき今宵も我を待つらむ宇治の橋姫」という歌を口ずさんだりしている。それを聞いた匂宮はどきどきして、あのまじめで立派な薫がこれほど浮舟に心を寄せているのなら、自分なんかとても振り向いてもらえない、と匂宮はコンプレックスのかたまりですから大急ぎで、薫がお正月で忙しい合間を縫ってさっさと雪の中を訪ねて、浮舟を船に乗せて対岸の別荘ですごす。雪のなかをわざわざ宇治に行って、月の光に照らされながら女を抱いて、川面をずっと渡っていって、「この浮舟ぞ行方知られぬ」という歌を詠むので浮舟と呼ばれたわけです。そういう女と愛欲の生活を送り、そして帰っていくんですね。

好きだったら連れ出してしまえばいい、帰さなくたっていいですよね。すくなくとも連れていけばいいと思うのですが、じゃあなぜ匂宮が連れて行かなかったかというと、これは中君を大事に考えているからです。つまり中君とのあいだにはすでに第一王子が生まれている。そして中君は浮舟よりもっと美人だと言っているんですね。だったらなにも人の女に手を出さなくてもと思うのですが、でも薫と自分の奥さんが二人で、自分に隠して浮舟を宇治においた、これが気に入らないわけです。自分をほったらかしにして、二人で密かなことをたくらんでいる。これを打ち破っておかなくては、というので浮舟に夢中になったわけです。

薫は最初は引き取ることにそれほど積極的ではなかったのですが、やがて匂宮の存在に気づきます。いつまでも宇治において「大君の身代わり」とか言っているのはまずいと思った薫は、「三月の末に引き取りましょう」と言ったのですが、実際は家の新築が少し遅れて、四月十日に引っ越しが決まりました。ところが匂宮のほうは、その数日前に引っ越しができるように、「浮舟を自分の乳母の家に引き取ります」と手紙を送るんですね。薫は薫で、「すばらしい家を用意してあるから安心して大丈夫ですよ」という手紙が来る。そして引っ越しのため、つまり都に入って薫夫人として都の人びとにお披露目がされてもいいように、いろいろな着物がつぎからつぎへと贈られてくる。

殿より、人々の装束などもこまかに思しやりてなん。いかできよげに何事も、と思ふたまふれど、ままが心ひとつには、あやしくのみぞし出ではべらむかし。

（浮舟巻）

薫さまがいろいろ女房などの装束なども考えてくださった。どうにかして清らかに格好いい衣装にしたいと思うのだけれども、乳母が自分で一人で判断するのはどうにもならないので、「浮舟さん、よく見てくださいよ」と頼られるのですが、浮舟としては薫に引き取られたくない。匂宮に惹かれてしまってからは、匂宮のところに行くことだけが幸せと思っているんですね。ですから、薫のところに引き取られるための衣装を周りで作っているのを見るにつけ、嫌になってしまうわけです。でも、周りでは着々とその準備が進んでいく。

それなら匂宮と一緒になって薫を裏切ってもいいじゃないかと思われますけれど

も、それでは中君が信頼を裏切られたと思うだろう。それだけではなくて、浮舟のお母さんだって、娘が幸せになれるようにとあれほど思っていたのに、匂宮の愛人になるということは日陰者になるわけですね。お母さんが八宮の愛人として日陰者として過ごしたのと同じように、世間の目をはばかる愛人になるかもしれない。

さらに言えば、匂宮という人はあてにならない人です。薫だったら、それほど熱意がないかもしれないけれども、いざというときには信頼できる。どこまでも捨てないでくれるだろうと思われる。匂宮は、いまは燃え上がっているけれども、それがいつまで続くかはまったくわからない。

小さいころから継子として苦労の限りを尽くしてきた浮舟は、お母さんといっしょに継父のもとに身を寄せながら、肩身の狭い思いをして過ごしてきました。ですから、そういう状況から抜け出せる手段があれば、ぜひともしがみつきたいわけです。本来は薫にしがみつきたい。でも、それは自分の女としての心が許さない。だからそれを選べない。どちらを選んだらいいのか。両方から脅迫するように、つぎからつぎへと「何日に引き取るから」という手紙が浮舟にやってくると、浮舟はもうなにも考えられなくなって、「自分はこの脇の宇治川の水に身を投げるしかないのかしら」、そんなことを思うようになります。

❖衣装に追いつめられて

そういう状況のなかで、浮舟が死ぬしかないと思っているというところが描いてあるところをちょっと読みましょう。

「まろは、いかで死なばや。世づかず心憂かりける身かな。かくうきことあるためしは下衆などの中にだに多くやはあなる」とてうつぶし臥したまへば、「かく思しめしそ。やすらかに思しなせ、とてこそ聞こえさせはべれ。思しぬべきことをも、さらぬ顔にのみのどかに見えさせたまへるを、この御ことの後、いみじく心焦られをせさせたまへば、いとあやしくなむ見たてまつる」と、心知りたる限りは、みなかく思ひ乱れ騒ぐに、乳母、おのが心をやりて、物染め営みゐたり。

「私はどうにかして死にたい。世間なみでない、心のつらい身の上だったなあ。このように三角関係に巻き込まれてしまうのは、下衆の女なんかのなかだって多くは聞いたことがないわ」とうつぶして思っていると、女房たちが「そんなに深くものを考えないほうがいいですよ。もっと気楽になさったほうがいいのじゃないですか。のどかに考えてくださいよ。あの三角関係が始まってから、とてもいらいらと落ち着かないお気持ちのようでいらっしゃいますが、心配でなりません」と、そんなふうに女房が心配してくれているのに、母親の世代である乳母は、そんなことにはぜんぜん気がつかない。浮舟の悩みも、浮舟のすぐわきにいる女房たちの悩みも気がつかないで、乳母は、「私ががんばらなきゃ」と思って一所懸命に着物を染めて、縫っている。

そういうことが周りでどんどん進んでいる。その気持ちが、自分がこうありたいと思う気持ちとそぐわないものになってしまって、周りから着せかけようとしている衣装は、ぜんぜん着たくない衣装でもある。周りが衣装を縫えば縫うほど、衣を染めれば染めるほど彼女は追いつめられていくという、そういう状況に入っていきます。

浮舟が「さあ、この夜のうちに抜け出して宇治川に身を投げてしまおう」と決心した、その夜のことです。

なげきわび身をば棄つとも亡き影にうき名流さむことをこそ思へ

親もいと恋しく、例は、ことに思ひ出ぬはらからの醜《みにく》やかなるも恋し。宮の上を思ひ出できこゆるにも、すべていま一度ゆかしき人多かり。人は、みな、おのおの物染め急ぎ、何やかやと言へど、耳にも入らず。夜となれば、人に見つけられず出て行くべき方を思ひまうけつつ、ねられぬままに、心地もあしく、みな違ひにたり。明けたてば、川の方を見やりつつ、羊の歩みよりもほどなき心地す。

嘆き侘びて、自分の身をこの宇治川に捨ててしまったとしても、私の死んだあとにつらいスキャンダルの名前を流してしまって、お母さまに迷惑をかける。そのことを考えています、という歌です。

お母さんもとても恋しい。いつもは思い出さない、父親違いの、同じ母親の子ですけれども、醜い兄弟たちも恋しい思いがする。中君のことを思い出すにつけても、もう一度お会いしたいと思われる、そういう人が多かった。

そう描いてあるところで、またばたばたと、「人は、みな、おのおの物染め急ぎ、何やかやと言へど、耳にも入らず」。周りのうるさい、ざわざわしているのは、もちろんみんな浮舟のためと思っているのだけれども、周りの連中の期待がどんどん増幅していけばいくほど、浮舟の気持ちはそういう興奮から取り残されたように、深い、暗い気持ちのなかに落ち込んでいる。彼女の心のなかの激しい決心と、気持ちが揺れ動いてどうにもならない状態と、周りの喧噪がどんどんその度を増している、そういうようすとして描かれているところ、たいへんおもしろい描き方だなと思います。

　先ほど女三宮のことも周りの期待を衣が表していると言いました。その衣は本人が見事に着こなせる衣ではなくなっているという状態を表していましたが、ここでも浮舟はみなの期待どおりに「染め」上げられようとしている。しかし結局、その喧噪のさなかに浮舟は着物をみんな残して、そんなものは一つも身にまとわずに脱出し、翌日、雨に濡れそぼった姿で発見されます。発見されたときには浮舟は白いきれいな下着の着物を何枚も着ていて、その下着にはいい匂いが浸みていたと描いてあります。このいい匂いは薫の匂いなのか匂宮の匂いなのかわかりませんが、彼女がこれまで暮らしてきた最上流貴族の関係の匂いが浸みている。でも、華やかな豪華な衣装はいっさい着ないで、体だけで出ていったと語られています。まさに彼女が、そういう周囲の期待から抜け出していくという状況を語っているエピソードだと言えます。

❖尼衣かはれる身にや

この話はこれで終わらないで、彼女が行方不明になって死んだと思われていた、そのあとで彼女が意識不明になって見つかったという話からまた話が始まるんですね。同じ宇治の屋敷の端の隣の宇治院かなにかで、翌日の夜でしょうか、びしょ濡れで意識不明になって、記憶も喪失した彼女がいい匂いのする着物で発見された。

明かりを灯したお坊さんたちは、「化け物だ、化け物だ」と言って棒で突いたり、着物を脱がしてみようとしたり、「このままほっておいて死なせてやろう」とか言っているのですが、「人間として生まれたもののように見えるから、どうしても救ってやらなければいけない」と横川《よかわ》の僧都《そうず》が家のなかに入れてやる。そして家に入れた彼女に、男たちは怖がって近づかないのですが、横川の僧都の妹が着物を着せてあげて、食べ物も食べさせ、三か月間介抱してようやく回復します。

そのあと記憶を取り戻した彼女が、「もう一度あの三角関係の地獄に戻るのはどうしてもいやだ、もう一度もとの生活に戻っても同じことになるに違いない。それだったら出家させてください」と願い出て出家させてもらうという話になっています。その出家した浮舟のところに、浮舟の一周忌のときに、薫の依頼が来るんですね。なぜそんなところに来たかというと、薫のところの家司《けいし》がちょうどこの横川の僧都のお母さんの尼君の孫だったのです。

それで、尼寺だったら女手はいっぱいあるし、縫い物をする人もいっぱいいるから、この着物を縫ってくださいい、と。私の主人の薫さまが宇治の宮の姫君をものすごく思っていて、その人を失ってしまったので衣装を作って供養しようということになった。本人はいなくても衣装を作って、その衣装を供養することで、その人の菩提を弔おうという習慣があったんですね。

ですから、その衣装を寄附するために、豪華な衣装を作らせるんです。浮舟に着せてみたかった衣です。それは、生きていたときの彼女が見たこともないような見事な桜の織物の小袿で、この材料で死んだ浮舟のための衣を作ってくださいと言われたのです。「こんなきれいな着物だったら、浮舟さんが身に着けられたらどんなにきれいでしょう」と周りの尼さんたちが言うわけですが、「とんでもない。触るのもいやだわ」と言って浮舟は触らない。「ひねり縫いはとてもお上手じゃないですか。少し手伝って縫ってくださいよ」などと言うけれども、彼女はそれに「手を触れたくもない」という言い方をしています。歌があります。

あまごろもかはれる身にやありし世のかたみに袖をかけてしのばん　（手習巻）

　尼衣に変わってしまったこの私の身に、以前の、若かった、俗世にあったころの形見のようにして、袖を重ねて、自分の尼さん衣装の袖、くすみ染めの袖に桜重ねの見事な衣を重ねて、そして偲んだりするだろうか。この部分は疑問で訳すのか、反語で訳すのか二説ありますが、ここでは反語で考えてみます。「私は偲ぶだろうか、いやそんなことはないでしょうね」と、自分自身の心に、もはや俗世への執着は絶ってしまったんだと言い聞かせているような歌だと思います。
　自分の法事のための衣装、自分に着せるべき衣装を自分で縫うという、ずいぶん変わった設定ですが、それは、薫の期待どおりの豪華な衣装を着て生きる自分と、いまの出家した尼衣を着ている自分の生き方とのどっちを選ぶか。そういう問題を問いかける場面でもあったのです。桜の豪華な着物は、宇治十帖の中でも鮮烈な鮮やかさで目にしみます。浮舟がその美しい衣に魅せられながら、ついにその衣を着るような生き方を放棄する物語として描かれているのです
『源氏物語』というのは、豪華な衣装もたくさん描いていますが、同時に衣を縫う

ということがもついろいろな心の束縛も描いています。うれしい期待の場合もあるし、重苦しくて脱ぎ捨てたいような場合もある、そういう衣の物語でもあります。衣を着せかけられる人、衣を贈られる人の心はどういう状態なのかということを意識的に方法として導入しながら、一人の人間がどのように生きるのか、他者の期待を生きるのか、自分自身を生きるのか、そういう選択を迫られている様を衣を通じて描いていく、そういう物語ではないかと思います。その生の選択を、脱ぎ棄てる衣によって描いていく物語だといってもいいかもしれません。

　玉鬘の物語が、彼女の獲得する衣によって、宮廷社会に認められていく物語であったとすれば、浮舟の物語は、彼女が脱ぎ棄て、放棄する衣によって、逆に彼女の心情を浮彫りにする物語だと言えるでしょう。その両方の動きをたどることで『源氏物語』は衣と身体と心の微妙な関係をあらわにしていくのです。

第三章

信仰と祭り、祈りと救済

日向一雅《ひなた・かずまさ》

明治大学教授

著書に『源氏物語の準拠と話型』（至文堂）、『源氏物語の世界』（岩波新書）他

一　行事と一体になった「祈り」

❖ 正月の年中行事

私のテーマは「信仰と祭り、祈りと救済」です。『源氏物語』はたいへん複雑な性格の作品で、物語の構造も主題も複合的に理解しなければなりませんが、こういう「祭り」や「祈り」や「救済」という信仰の問題がたいへん重要なテーマであることは間違いありません。それらが『源氏物語』の中でどのように語られているのか、『源氏物語』にどのような特色を与えているのか、どのような意味を持っているのかという点について、具体的に見ていきたいと思います。

平安時代の信仰は神仏に対する信仰のほか、陰陽道《おんみょうどう》やさまざまな民間信仰がありましたが、それらの信仰は個人の内面的な、精神的な次元の個人の「祈り」という以上に、まず天皇や朝廷、国家にかかわる信仰であったというところにひとつ注意を払っておく必要があります。

職員令《しきいんりょう》という当時の官職制度を定めた法律がありますが、その最初の項目は「神祇官《じんぎかん》」というものです。その職掌は「神祇の祭祀、祝部《はふりべ》・神戸《じんご》の名籍《みょうじゃく》、大嘗《おおんべ》、鎮魂《おおんたまふり》、御巫《みかんなぎ》、卜《うら》に兆《きざし》みむこと」をつかさどると決められています。

陰陽道は「陰陽寮《おんようりょう》」という役所の所管ですが、これは天文・気象を観測し、異変があれば占って奏上する職とされています。そのなかでも特に陰陽師《おんみょうじ》は「占筮《せんぜい》」と「地相をえらぶ」ことを職務とするとあります。物忌《ものい》みや方違《かたたが》え、祓えなどはこの陰陽師がかかわりました。

また「僧尼令《そうにりょう》」という法律では、僧尼が守るべき規律にそむいたばあいの罰則をこまかに規定しています。その僧尼を管理する役所が「玄蕃寮《げんばんりょう》」という役所で、仏寺、僧尼の名籍などをつかさどるとされています。つまり、このような法律は神祇信仰にしろ、仏教や陰陽道に対する信仰にしろ、それらがまず天皇や朝廷、国家のための宗教であったからにほかなりません。それゆえ神祇官も陰陽師も僧尼も国家の管理下に置かれたわけで、この点は今日と大きく違うところです。

さてその上で次頁の表をご覧ください。『源氏物語』の行事や儀式を年中行事、

【源氏物語の主な年中行事】

一月

朝賀（紅葉賀）
歯固（初音）
朝覲行幸（若菜下）
二宮大饗（若菜上）
臨時客（初音）
参賀（紅葉賀・初音）
大臣家大饗（少女・竹河・宿木）
白馬節会（末摘花・賢木・薄雲・少女）
県召除目（賢木・浮舟）
男踏歌（末摘花・花宴・初音・胡蝶・真木柱・竹河）
女踏歌（賢木）
賭弓（若菜下・匂宮・竹河・浮舟）
内宴（紅葉賀・賢木・早蕨・浮舟）
子の日の小松引き・若菜（初音・若菜上）
卯杖・卯槌（浮舟）

二月

季御読経（賢木・胡蝶・御法）
桜花の宴（花宴・須磨・薄雲・少女）

三月

上巳の祓（須磨）
石清水臨時祭（若菜上）

【源氏物語の臨時行事】

即位・譲位

桐壺院譲位（葵）
朱雀院即位・譲位（葵・澪標）
冷泉院即位・譲位（澪標・若菜下）
今上即位（若菜下）

立后

藤壺中宮（紅葉賀）
秋好中宮（少女）
明石中宮（御法）

斎宮

六条御息所娘（葵・賢木）

斎院

桐壺帝女三宮（葵）
朝顔（賢木）

行幸

桐壺帝の朱雀院行幸（紅葉賀）
朱雀帝の桐壺院行幸（賢木）
冷泉帝の藤壺女院行幸（薄雲）
冷泉帝の朱雀院行幸（少女）
冷泉帝の大原野行幸（行幸）
冷泉帝の六条院行幸（藤裏葉）

【源氏物語に描かれる人生儀礼】

誕生・産養（三日・五日・七日）
五十日の祝

夕霧（葵）、明石姫君（澪標）
薫（柏木）、匂宮若君（宿木）

袴着

紫上（葵）、明石姫君（澪標）

読書始

光源氏（桐壺）

元服

朱雀東宮・光源氏（桐壺）
夕霧（少女）、東宮（梅枝）

裳着

玉鬘（行幸）、明石姫君（梅枝）
女三宮（若菜上）、夕霧六の君（早蕨）

大学入学

夕霧（少女）

結婚

光源氏と葵上（桐壺）
光源氏と紫上（葵）
光源氏と女三宮（若菜上）
鬚黒と玉鬘（真木柱）
夕霧と雲居雁（藤裏葉）
匂宮と中君（総角）
匂宮と夕霧六の君（総角）
薫と今上女二宮（宿木）

藤花の宴（花宴・藤裏葉・宿木）

四月

更衣（葵・明石・少女・胡蝶・柏木・幻・総角）

灌仏（藤裏葉）

賀茂祭（葵・藤裏葉・若菜下・宿木）

五月

五日節会（箒木・澪標・蛍・藤裏葉）

騎射・左近真手結・打毬（蛍）

七月

七夕（乞巧奠）（幻）

相撲（竹河・椎本）

八月

月の宴（須磨・鈴虫）

鈴虫の宴（鈴虫）

萩の宴（横笛）

九月

九日節会（重陽）（箒木・幻）

十一月

五節・豊明節会（少女・幻・総角）

賀茂臨時祭（箒木・若菜下）

十二月

御仏名（幻）

追儺（紅葉賀・幻）

寺社参詣

光源氏住吉大社（澪標・若菜下）

石山寺（関屋・真木柱・浮舟・蜻蛉）

石清水八幡（玉鬘）

長谷寺（玉鬘・東屋・浮舟・手習）

春日大社（紅梅）

持仏開眼供養・法華経千部供養

女三宮（鈴虫）

紫上（御法）

仁王会

朱雀帝主催（明石）

法華八講

藤壺中宮主催（賢木）

光源氏主催（澪標）

明石中宮主催（蜻蛉）

入内

藤壺（桐壺）

斎宮女御（秋好中宮）（絵合）

明石女御（藤裏葉）

算賀

光源氏四十賀（若菜上）

式部卿宮、五十賀（少女）

朱雀院五十賀（若菜下）

出家

藤壺女院（賢木）

朱雀院（若菜上）

女三宮（柏木）

死・葬儀

桐壺更衣葬送（桐壺）

葵上葬送（葵）

桐壺院（賢木）

六条御息所（澪標）

柏木（柏木）

一条御息所（夕霧）

紫上葬送（御法）

大君（総角）

四十九日法要・周忌

桐壺院一周忌（賢木）

柏木一周忌（横笛）

一条御息所四十九日（夕霧）

紫上一周忌（幻）

臨時行事、人生儀礼というふうに分けて整理してみたものです。これらが『源氏物語』に出てくる主要な行事ですが、こういう行事が、多かれ少なかれ「祈り」とかかわっていました。それらのすべてについて触れる余裕はありませんので、いくつかの例を取り上げてみます。

【朝賀】

正月の元日には、朝賀《ちょうが》、あるいは小朝拝《こちょうはい》という行事がありました。『源氏物語』「紅葉賀《もみじのが》」の巻に、「男君は、朝拝に参りたまふとて、さしのぞきたまへり」という一文があります。光源氏十九歳の元旦のことですが、「朝拝」に参内しようとして、紫の上の部屋をちょっとのぞき見たという場面です。ここに「朝拝」という言葉が出てきます。これが「朝賀」なのか「小朝拝」なのか議論がありますが、「朝賀」と考えてよいと思います。

朝賀とは元日に天皇が大極殿《だいごくでん》に出て皇太子以下百官の拝賀を受ける儀式です。今の京都の平安神宮は平安遷都一千年祭のときに大極殿を復元したものです。『内裏《だいり》式《しき》』という平安時代の宮廷の儀式を記した書物によれば、大極殿の前の竜尾道《りゅうびどう》の上に銅烏幢《どううとう》を立て、それを中心にして、東に日像幢《にちぞうとう》・朱雀《すざく》旗・青竜旗、西に月像幢・

平安京大内裏図

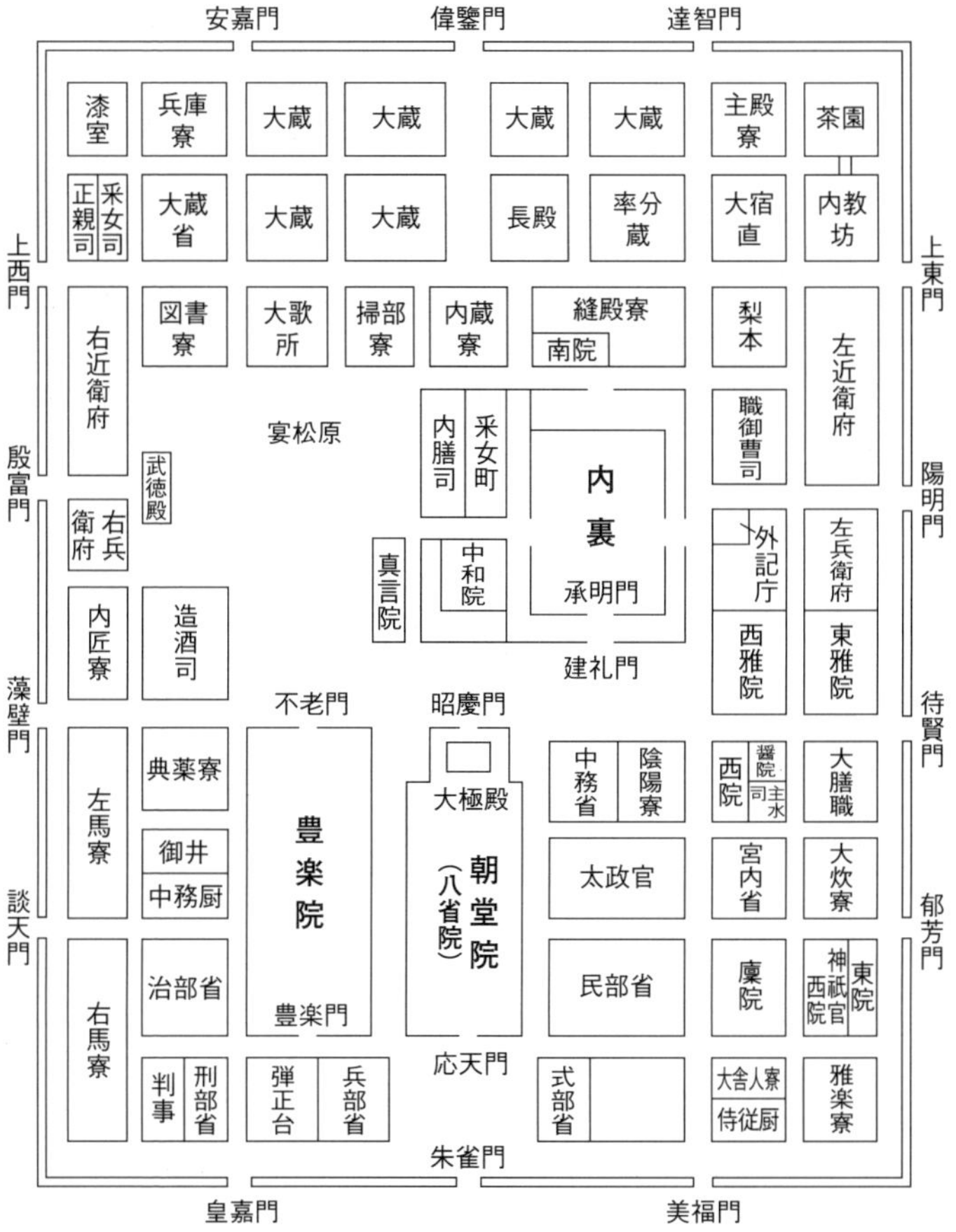

新編 日本古典文学全集『源氏物語』（小学館）を元に作成

白虎旗・玄武旗を立て、さらに青竜楼・白虎楼をはじめ諸門に大小さまざまな旗が立てられ、鉦鼓《しょうこ》や香桶《こうおけ》などが庭上に設置されて、壮麗な儀式場がつくられます。そこに百官が列立し、午前八時ころに天皇が大極殿の高御座《たかみくら》に着席すると、まず皇太子の奏賀があり、天皇の詔《みことのり》があり、続いて「親王・王・臣・百官人・天下の百姓衆諸」の総意としての奏賀、奏瑞《そうずい》者による一年の祥瑞《しょうずい》の奏上、天皇の宣命の後、王公百官は称唯《いしょう》再拝、舞踏再拝し、武官は旗を振って万歳を称して、儀式は終わる。その後場所を豊楽殿《ぶらくでん》に移して宴会があります。そういう盛大な儀礼です。

　朝賀は『源氏物語』の書かれた一条天皇の時代には行われなくなり、代わって、清涼殿《せいりょうでん》という天皇の暮らす御殿の東庭で、公卿《くぎょう》、殿上人《てんじょうびと》による年賀が行われるようになりました。それを小朝拝と言います。『源氏物語』は同時代の小朝拝ではなく、朝賀の行われた時代を背景にしていたと考えられています。

　ところで、この朝賀のどこにどのような「祈り」があるのかということですが、たとえば皇太子の奏賀は次のようです。

新年の新月の新日に万福を持て参り来て拝し供奉《ぐぶ》すらくと申す。

これを受けて、天皇の詔《みことのり》があります。

新年の新月の新日に天地とともに万福を平《たいら》けく永く受け賜《たま》はれと宣《の》る。

皇太子が天皇のために「万福を持参して来ました」と奏上すると、天皇が「万福を平けく永く受け賜われ」と答えるように、まさしくこれは新年の平安と幸福を予祝する言挙《ことあ》げです。群臣と天皇とのあいだでもこういう言挙げがくりかえされます。

また奏瑞者による祥瑞の奏上は天皇の徳や治世が天の意志にかなっていることの現れとされたものです。朝賀は年の始めに天皇をたたえ、天下泰平と万福を祈念する予祝行事として重要な意味を持っていたのです。同時に、盛大な朝賀は王権の権威を誇示するものでもありました。「紅葉賀」巻の朝賀がどのようなものであったのか語られないのが残念ですが、いま見てきたような行事であったとすれば、桐壺帝の治世の最後を飾る朝賀として、桐壺王権の盛栄をたたえるものであったと言えます。

【歯固】

歯固《はがため》というのは健康や長寿を祈る儀礼で、正月一日から三日間、大根・瓜の串刺し・押鮎《おしあゆ》・猪や鹿の肉を食べます。歯固の「歯」という字には「齢《よわい》」という意味があるので、齢を固めるという意味で長寿を祝う儀式でした。

『源氏物語』では「初音」の巻に、光源氏が前年新築した六条院という大邸宅で迎えた最初の正月行事として「歯固の祝ひ」が語られました。

（紫の上の女房たちが）ここかしこに群れゐつつ、歯固の祝ひして、餅鏡をさへ取り寄せて、千年の蔭にしるき年の内の祝ひ言どもして、そぼれあへるに、大臣の君さしのぞきたまへれば、（中略）、（源氏）「いとしたたかなるみづからの祝ひ言どもかな。みなおのおの思ふことの道々あらんかし。われ寿《ことぶき》せん」とうち笑ひたまへる御ありさまを、年の始めの栄えに見たてまつる。

（初音巻）

女房たちが「歯固」の種々の品々を食べ、千年の栄えもあきらかな年の始めの祝い言を言い合ってたわむれているというのは、太政大臣光源氏の末永い繁栄を祝っているわけです。そこに源氏が来て、「たいそうな祝い言を言い合っているようだが、すこし聞かせてほしいもの。皆さんにはわたしが祝い言をしてあげよう」とからかっているところです。このように歯固は民間でも正月行事として広くおこなわれていましたが、単なる民間行事ではなく、実は天皇の正月の大事な儀式でした。天皇の歯固については、これも『西宮記《さいきゅうき》』という平安時代の儀式書にくわしく記されています。

【白馬節会】

正月七日の白馬節会《あおうまのせちえ》は、その日に天皇が紫宸殿《ししんでん》（古くは豊楽殿）に出て白馬を見る儀式です。二十一匹の白馬が引かれました。もともとは「あおうま」というように青い馬だったのが、のちに白馬が引かれるようになったのですが、名前はそのまで「白馬」を「あおうま」と読み慣わしています。「この日白馬を見ば、すなわち年中の邪気、遠く去りて来たらず」という記事が『年中行事秘抄』（十二世紀成立）にあり、邪気を祓うと信じられたのです。

『源氏物語』では光源氏が太政大臣になって迎えた最初の正月に、太政大臣藤原良房の例にならって、白馬を引く儀式を、内裏の儀式をまねておごそかにおこなったとあります（少女巻）。太政大臣とはいえ、臣下の光源氏が自分の邸で宮中の儀式をおこなうというのは異例です。なぜそういうことができたのかということについて、中世の注釈書は、このとき光源氏が「准三宮《じゅんさんぐう》」の処遇を受けたからではないかと考えました。三宮とは皇后・皇太后・太皇太后のことで、それに准ずることが「准三宮」です。白馬は上皇御所や東宮、中宮などあちこちの院宮をもまわったので、光源氏も「准三宮」の地位にあれば自邸での白馬引きも不当ではないと解釈したのです。ともあれ、光源氏にとって自邸で白馬を引くことは、新任の太政大臣として一年の邪気を祓う祈りをこめていたということであったのでしょう。

【男踏歌】

正月一四日には男踏歌《おとことうか》、十六日には女踏歌の行事がありましたが、『源氏物語』にはもっぱら男踏歌のことが語られます。踏歌は足で地を踏み、拍子をとって歌う集団舞踏で、もとは中国から伝えられたものです。足で地を踏むのは土地の霊を鎮める意味があるといわれます。いまでも熱田神宮では毎年正月におこなわれていま す。男踏歌は「新年の祝詞《しゅくし》、累代の遺美《いび》」であり、「歌頌《かしょう》はもつて宝祚《ほうそ》を延べ、言《こと》吹《ぶき》はもつて豊年を祈る」（『年中行事秘抄』「仁和五年正月十四日踏歌記」）という意図のも

平安京内裏図

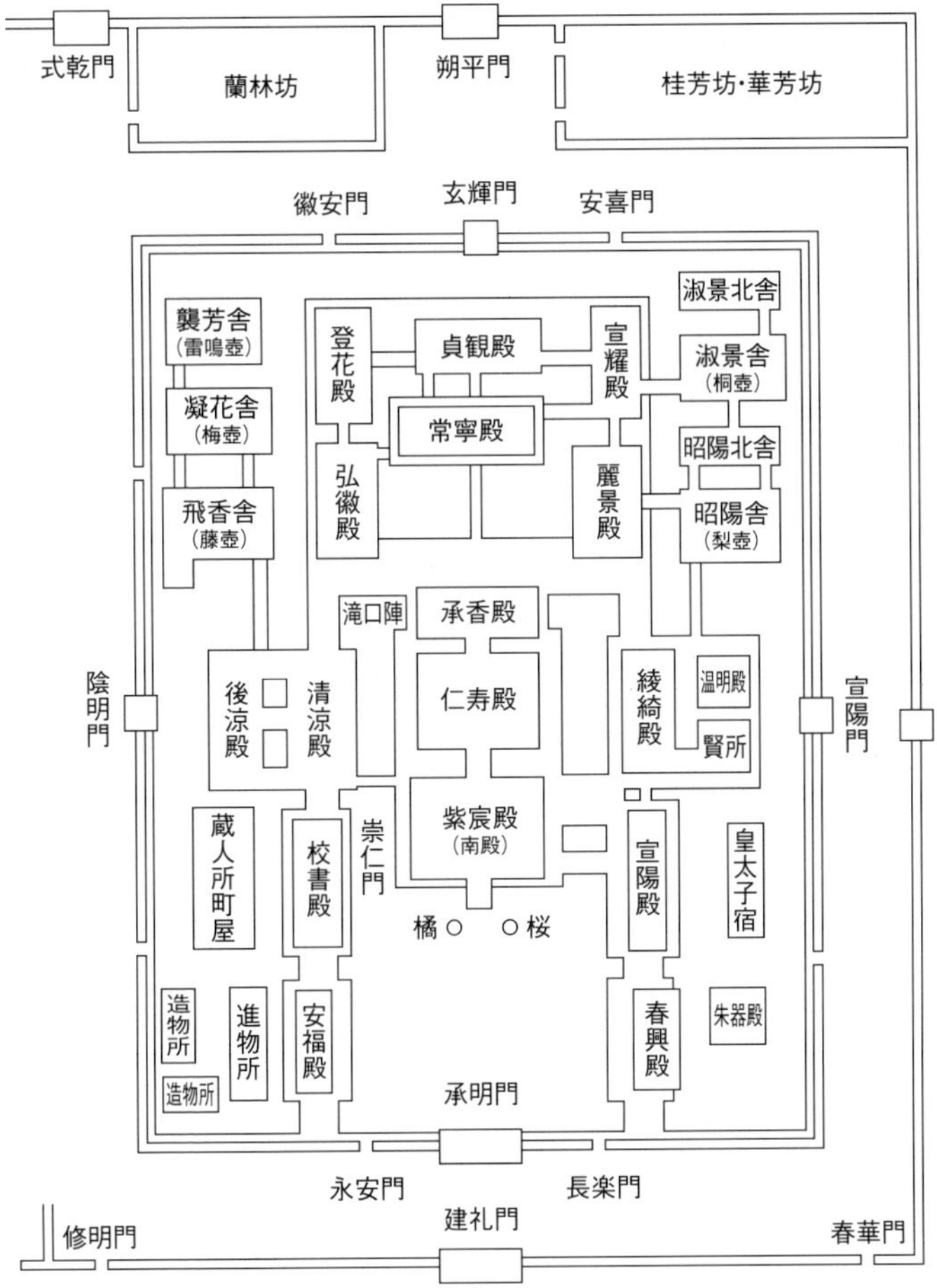

新編 日本古典文学全集『源氏物語』（小学館）を元に作成

とに、宇多天皇の時代に復興された行事でした。すなわち、皇位の永続と豊年を祈るものでした。しかし、これはその後円融天皇のころまでで、八十年間くらいしか続きませんでした。

儀式は、当日清涼殿の孫廂《まごびさし》に天皇が着座し、王卿《おうけい》が参上、踏歌の人々が東庭に列立し、三回庭を回って踏歌し、天皇の前に進んで祝詞と歌曲を奏上する。その後踏歌の一行は宮中を出て諸方の院宮をめぐり、同様に踏歌をおこない、それぞれの邸で酒食のもてなしを受け、夜明けに宮中に帰り、禄をたまわるというものです。踏歌の一団の人数は正確にはわかりませんが、歌い手や舞い人、楽人等二十人以上にはなったと思われます。

この男踏歌が『源氏物語』では桐壺帝、冷泉帝《れいぜい》、今上《きんじょう》の三代にわたって盛大におこなわれたと語られました。そのなかで、ただ一人朱雀帝の時代には、男踏歌のことが語られません。朱雀帝の時代は、光源氏が須磨に追いやられて不遇をかこった時代ということで、物語ではあまりよくない時代という設定になっています。そのことと、朱雀帝の時代に男踏歌がおこなわれなかったこととは深くかかわっていたと言えます。言い換えますと、桐壺帝・冷泉帝・今上の時代は天皇親政の時代ですが、朱雀帝の時代は右大臣・弘徽殿大后《こきでんのおおきさき》による典型的な外戚による摂関政治の時代でした。男踏歌は天皇の親政による理想的な時代を象徴する行事として、物語のなかでは意味づけされていたといえます。皇位の永続と豊年を祈るという男踏歌の意義が物語のなかではそのように位置づけられていたと考えてよいと思います。

【子の日の行事】

このほか、正月の子《ね》の日の行事に小松引きや若菜摘みがあります。『源氏物語』のこれまた「初音」の巻ですが、次のような一節があります。

今日は子の日なりけり。げに千年の春をかけて祝はんに、ことわりなる日なり。姫君の御方に渡りたまへれば、童《わらは》、下仕《しもづかへ》など、御前の山の小松ひき遊ぶ。若き人々の心地《ここち》ども、おき所なく見ゆ。

（初音巻）

「今日は子の日なりけり」とは、元日がたまたま子の日であったということですが、その元日の朝に源氏と紫の上は末永い夫婦のちぎりを歌に詠みました。紫の上の歌は、

くもりなき池の鏡によろづ世をすむべき影ぞしるく見えける

曇りのない鏡のような池に、私たちの末長く暮らしていく姿がはっきりと見えます。そういう幾久しい夫婦の変わらない約束をするのに、子の日はふさわしい日であるというわけですが、それは子の日が長寿を祝う日であったからです。

源氏が明石の姫君のところに行くと、庭園の築山《つきやま》で童女や下女たちが小松を引いて遊んでいる。それを見る若い女房たちもじっとしてはいられない様子だといいますが、小松引きは松の長寿にあやかる意味をもつと、同時に、子の日に山に登ることが「憂悩」を除くと考えられたのでした。

先の『年中行事秘抄』には、「正月子の日、岳に登り四方を遥望し、陰陽の静気を得《う》。その目に触れば、憂悩を除くの術なり。」とあります。六条院の庭園の築山の小松引きも、こういう長寿と憂悩の除去という願いの込められた遊びであったのでした。

『年中行事秘抄』には、上《かみ》の子の日には内蔵司《うちのくらのつかさ》が天皇に若菜を供するとあり、十二種の若菜と七種の菜が示されていますが、それらを食することについても、次のように記します。

金谷に云く、正月七日、七種の菜をもって羹《あつもの》を作りこれを食す。人をして万病をなからしむ。

十節に云く、七種を採り羹を作り嘗味《しゃうみ》するは何ぞ。これ邪気を除くの術なり。

「金谷」「十節」はいずれも書名です。それらに若菜の羹を食することは万病をなくし、邪気を除く効能があると記されているのですが、それだけでなく長寿の祝いにもなったのでした。

春日野《かすがの》に若菜つみつつよろづ世を祝ふ心は神ぞ知るらむ

（『古今和歌集』巻七「賀歌」素性《そせい》法師）

『源氏物語』では光源氏の四十賀《しじゅうのが》に玉鬘《たまかづら》が正月二十三日の子の日に若菜を献上する場面があります。そのときの玉鬘の歌は、

若葉さす野辺の小松をひきつれてもとの岩根を祈る今日かな（若菜上巻）

「小松をひきつれて」とは幼い子供たちを引き連れて、「もとの岩根」——私を育ててくれた光源氏の末長い繁栄をお祈りしますという意味です。いうまでもなく、「野辺の小松」には子の日の小松引きが掛けられています。そのあと源氏は玉鬘の調じた「若菜の御羹《おんあつもの》」を食しますが、無病息災と長寿への祈りがあるわけです。

【卯槌】

正月上《かみ》の卯の日には宮中の糸所で作った卯槌《うづち》を清涼殿の昼御座《ひのおまし》の御帳《みちょう》の南西の角の柱に飾って邪気を祓ったといいます。同じ卯の日には卯杖《うづえ》を大学寮、大舎人寮《おおとねり》、六衛府《えふ》から天皇と東宮に献上する儀式がありました。これも邪気を祓うという信仰によるものですが、『源氏物語』のなかでは卯杖のことはなく、卯槌について、浮舟が姉の中君《なかのきみ》の若宮に正月の贈り物として贈ったとあります。卯槌については『枕草子』に記事が多く、大きさは五寸ばかりで、桜の枝を使うことや、山橘、日かげ、山菅《やますげ》などを飾りとすると記されています。

正月の年中行事のいくつかを見てきましたが、一見民間信仰にすぎないように見える行事が宮中の行事として、また天皇の儀礼としておこなわれていたことに注意しておきたいと思います。祈りや信仰が儀式や行事と一体であり、また個人のための祈りや信仰である以上に、天皇や朝廷、国家のための祈りや信仰であったという平安時代の信仰の一面を押さえておきたいと思います。また『源氏物語』には多くの年中行事が語られますが、それらは直接描かれなくとも、物語はその行事にかかわるかたちで進行します。物語はそういう行事をきちんと踏まえたうえで書かれているわけで、そういう物語の作り方にも注意を払っておきたいと思います（なおこれらの行事については、山中裕『平安朝の年中行事』（塙書房）を参照）。

❖ 賀茂祭の車争い

次に『源氏物語』のなかで神事を背景とした、あるいは神事にかかわる代表的な物語場面として、賀茂祭《かもまつり》の葵の上と六条御息所《ろくじょうのみやすどころ》の車争い、六条御息所の娘の斎宮《さいぐう》の下向、光源氏の住吉参詣について見てみましょう。

「葵」の巻は桐壺帝が朱雀帝に譲位して、時代が大きく変化し、光源氏が鬱々《うつうつ》として楽しまない日々を過ごしているというところから始まります。光源氏の二十二歳の物語です。当時は天皇の交替にともなって、賀茂の斎院《さいいん》と伊勢の斎宮《さいぐう》が交替することになっていました。斎院は賀茂の大神に奉仕し、斎宮は天照大神《あまてらすおおみかみ》の御杖代《みつえしろ》として伊勢神宮に奉仕しますが、斎院、斎宮ともに未婚の内親王か女王のなかから卜《ぼく》定《じょう》されることになっていました。卜定されると、以後三年のあいだ潔斎につとめ、三年目にそれぞれ斎院は紫野《むらさきの》の御所にはいり、斎宮は伊勢に下って斎宮御所にはいりました。

まず賀茂祭ですが、これは賀茂別雷神社《かもわけいかずち》——上賀茂《かみがも》社と賀茂御祖神社《かもみおや》——下賀《しもが》茂《も》社の例祭です。葵祭《あおいまつり》とも言います。名前の由来は祭の日に社殿や行列の人々、牛《ぎっ》車《しゃ》などに葵の葉を挿してかざったことによります。また賀茂祭は石清水八幡宮、春日大社とともに三大勅祭のひとつで格式の高い祭です。四月中旬の午《うま》の日に斎院が賀茂川で御禊《ごけい》をおこない、申《さる》の日が山城の国の国祭、酉《とり》の日が天皇の勅使の立つ祭です。この酉の日の祭が勅使以下斎院の輿《こし》を中心に一大行列をなして都大路を進むイベントで、いまも盛大におこなわれているものです。これを「路頭《ろとう》の儀」といいます。

葵の上と六条御息所の車争いは、酉の日の祭ではなく、斎院の御禊の日の見物に出かけた二人のあいだで起きた事件でした（口絵参照）。そのときの斎院の御禊は桐壺院の肝いりで格別に盛大だったので、見物の群衆が京の町中からだけでなく近隣の村々からも押し寄せたのでした。

そのころ、斎院もおりゐたまひて、后腹《きさきばら》の女三の宮ゐたまひぬ。帝、后いとことに思ひきこえたまへる宮なれば、筋異《すじこと》になりたまふをいと苦しう思したれど、他宮《ことみや》たちのさるべきおはせず、儀式など、常の神事《かむわざ》なれど、いかめしうののしる。祭のほど、限りある公事《おほやけごと》に添ふこと多く、見どころこよなし。人からと見えたり。御禊の日、上達部《かむだちめ》など数定まりて仕うまつりたまふわざなれど、おぼえことに容貌《かたち》あるかぎり、下襲《したがさね》の色、表袴《うへのはかま》の紋、馬、鞍までみなととのへたり。とりわきたる宣旨《せんじ》にて、大将《だいしやう》の君も仕うまつりたまふ。かねてより物見車心づかひしけり。一条の大路《おほぢ》所なくむくつけきまで騒ぎたり。所どころの御桟敷、心々にし尽くしたるしつらひ、人の袖口さへいみじき見物《みもの》なり。

（葵巻）

「そのころ、斎院もおりゐたまひて」とありますが、これが桐壺帝から朱雀帝への譲位にともなっておこなわれた斎院の交替をさします。その新しい斎院に、桐壺院と弘徽殿大后の娘、女三の宮が選ばれたのでした。女三の宮というと、『源氏物語』ではのちに柏木と密通する朱雀院の女三の宮が有名ですが、女三の宮というのは固有名詞ではなく、三番目の内親王はみな女三の宮です。ここは桐壺院の三番目の内親王のことです。

桐壺院も弘徽殿大后もこの女三の宮をたいへんかわいがっていたので、斎院になることをたいそうつらく思ったが、ほかに適当な内親王がいないので、儀式はこの内親王のために盛大におこなわれました。御禊に奉仕する上達部《かんだちめ》は人数が決まっていましたが、このときは格別に豪勢におこないたいということで、信望が厚く容姿のすぐれた者を集め、とくに光源氏には朱雀帝の特別な宣旨が下って奉仕することになったというわけです。

こういう世をあげての大イベントということで、源氏の妻の葵の上も見物に出かけます。葵の上はそのときすでに源氏の子を懐妊していたので、気が進まなかったけれども、女房たちにせがまれて見物に出かけました。左大臣家の葵の上の見物、しかも光源氏の妻の見物ということで、遅く出かけたにもかかわらず、前から席取りをしていた車を押しのけて、強引な割り込みをして見物席を確保したのです。

権柄《けんぺい》づくの様子が窺えるところですが、そのときに押しのけられた車が六条御息所の車で、しかも葵の上の従者が「たかが源氏の愛人のくせに」といって、御息所を侮辱するという事件が起こりました。六条御息所は亡くなった皇太子の妃であった人で、皇太子は源氏の父の桐壺院の弟です。皇太子が亡くなったあと、源氏が言い寄って恋人にしたのですが、その後は冷たくなってしまい、御息所は傷心をいやそうとして見物に出かけて、かえって屈辱的な目に遭ったのでした。この事件がのちに六条御息所が葵の上に物《もの》の怪《け》となって取り憑き取り殺すという事件の原因になります。斎院の御禊という神事がこういう劇的な物語の場面に選ばれたのでした。

ところで、賀茂祭の本番はなんと言っても酉の日の「路頭の儀」です。勅祭ですので天皇の奉幣使《ほうべいし》の行列を先頭にして、徒歩・騎馬・車駕《しゃが》をつらねて、葵祭といわれるように葵をかんざしに挿して着飾って行進しました。その行列を光源氏は紫の上といっしょに見物に出かけています。その日も立錐の余地もない混雑ぶりでしたが、源氏は源典侍《げんのないしのすけ》という色好みの老女から席をゆずられるという、ちょっとおもしろい話になっています。

このほか、賀茂祭に関しては、祭に先立って神霊をむかえる神事があります。上賀茂社では「御阿礼《みあれ》の祭」とよび、下賀茂社では「御蔭《みかげ》の祭」といいますが、『源氏物語』では紫の上が「御阿礼」に参詣したとあります（藤裏葉巻）。御阿礼の祭は上賀茂社の後方の山中で夜間に榊に神を遷して本社にむかえる神事ですので、文字通りに取ると、紫の上は夜間の神事を見に行ったことになります。それも車二十台をつらねていたというのです。はたして夜間にそういうことができたのかどうか、疑問ですが、ともかく参詣したことはまちがいありません。どういう目的の参詣かは書かれていませんが、「御阿礼」の榊に願いごとを祈ると成就すると信じられていたので、この時の紫の上は養女の明石姫君の入内《じゅだい》をまえにして、姫君の幸福と繁栄を祈る目的で参詣したと考えられます。以上のようなところが、賀茂祭にかかわる主な物語です。

❖ 斎宮の伊勢下向

桐壺帝から朱雀帝への譲位にともなう斎宮の交替については先に触れましたが、「賢木《さかき》」の巻に斎宮の下向《げこう》についてくわしく語られます。源氏二十三歳の年の九月十六日、斎宮はそれまで二年近く潔斎の暮らしをしてきた嵯峨野の野宮《ののみや》を出て、桂川で祓えをし、その後大内裏の大極殿で天皇から「別れの御櫛《みぐし》」を髪にさしてもらう儀式をおこなって、伊勢に下ります。「別れの御櫛」とは黄楊《つ》木《げ》の小櫛《おぐし》で、それを挿すとき、天皇は「京のかたにおもむきたまふな」という言葉を告げました。この儀式については、中世の源氏注釈書である『花鳥余情』（一四七三成立）にくわしい説明があります。

物語では桂川で祓えをすませた斎宮は申《さる》の時、午後四時から六時ころに宮中に到着し、大極殿で「別れの御櫛」の儀をおこない、暗くなってから出発しました。その斎宮の下向に母の六条御息所が同行したのですが、これは異例ながら、史実に例があり、それにのっとったものであることがわかっています。

史実の例とは、村上天皇の規子内親王が斎宮になったとき、母徽子女王が同行したというものです。『日本紀略』貞元二年（九七七）九月十六日条にありますが、「これ先例なし」とあるように異例のことでした。このとき徽子女王四十九歳、規子内親王二十七歳です。物語の斎宮は十四歳、母六条御息所は三十歳くらいです。この徽子女王は醍醐天皇の孫で朱雀朝の斎宮をつとめた人で、退下後に村上天皇に入内し、承香殿女御《しょうきょうでんのにょうご》とよばれ、『斎宮女御集』という家集を残しています。規子内親王の斎宮在任は八年、永観二年（九八四）には帰京しますが、母徽子女王は翌年には亡くなり、後を追うように規子内親王もその翌年には亡くなりました。母と娘が二代つづけて斎宮になったというのはめずらしいことです。

この史実と物語の斎宮母子をくらべてみますと、物語の六条御息所が帰京した年の内に亡くなっている点は、徽子女王に似ているといえます。しかし、娘については、規子内親王が結婚もせずに亡くなったのに対して、六条御息所の娘は後に冷泉帝に入内し、斎宮女御とよばれ、冷泉帝から寵愛され、のちには中宮（→秋好中宮）になりました。斎宮退下後に入内した点は徽子女王に共通します。しかし、徽子女王は村上天皇の愛がうすく、それを嘆いて娘について伊勢に下ったとみられますので、その点は大きな違いです。物語の人物造型は史実に依拠しつつも独自な設定になっていることに注意を払う必要があります。

❖ 光源氏の住吉参詣

光源氏の住吉参詣は二回おこなわれました。一回目は「澪標《みおつくし》」巻で、源氏が明石から帰京し、冷泉帝の後見として内大臣になった年の秋のこと、二回目は「若菜下」巻で源氏は准太上天皇《じゅんだじょうてんのう》という異例の地位にのぼり、娘の明石女御が産んだ今上帝の第一皇子が東宮になった年です。源氏四十六歳の冬です。

最初の参詣は須磨流謫《るたく》のときの願ほどきでした。源氏は二十六歳の春から二十八歳の秋まで足かけ三年、須磨、明石に流謫の日々を過ごしましたが、須磨に下った翌年の春、須磨の海岸で上巳《じょうし》の祓えをしました。上巳の祓えとは三月上旬の巳《み》の日に水辺に出て禊ぎをし不祥を祓う行事で、人形《ひとがた》に息を吹きかけ身の穢れを撫でつけて、陰陽師に祓えをさせて流すというものです。中国伝来の行事です。

その祓えのときに、突然大暴風雨にみまわれ、高波や落雷のために命を落としそうになりました。その嵐のさなかに、源氏は住吉の神に願を立てて祈願をしました。その祈りが嘉納されたかのように嵐はおさまり、源氏は須磨から明石に移住し、明石の君と結婚、その後帰京を許されて、冷泉帝の即位とともにその後見役として順風満帆の立身出世をしていました。

そのお礼参りが最初の住吉参詣です。光源氏は二十九歳、内大臣となって権勢をほしいままにする勢いでしたから、源氏の参詣には上達部、殿上人が参集する盛儀になりました。立派な奉納品はいうまでもなく、住吉の神に奉納する東遊《あずまあそび》という舞楽の楽人も容姿端麗な者を選りすぐりました。そして一晩中神の悦びそうないろいろなことをし尽くしたとあります。具体的には語られませんが、さまざまな歌舞音曲を奉納したのでしょう。神は歌舞音楽を好むようです。

『源氏物語』では行事には大人でも子どもでも衣装を揃えるとか、容姿のすぐれた者を集めるという記述がよくありますが、この住吉参詣もそのように描かれます。それが物語の美学であったようです。

二回目の参詣もお礼参りです。「なほ世の中にかくおはしまして、かかるいろいろの栄えを見たまふにつけても、神の御助けは忘れがたくて」(「若菜下」巻)というわけです。いまや源氏は准太上天皇という位――上皇に準じる位に昇り、一人娘の明石女御の皇子が皇太子になり、跡取り息子の夕霧は大納言になって、光源氏家の繁栄は頂点に達していました。そういう繁栄を源氏は住吉神の加護と考えたわけです。こういうところには光源氏の神に対する敬虔な信仰心があるといえますし、概して『源氏物語』には神仏に対する厚い信仰心があるように思われます。

その参詣の盛儀は前の参詣にまさる盛大なもので、かつたいへん格式の高いものでした。たとえば東遊の舞人《まいびと》は六衛府の次官の容姿端麗な者、楽人も石清水や賀茂の臨時の祭に召される名手、神楽《かぐら》には天皇・東宮・冷泉院の殿上人たちが協力するというように、前回とは格式の高さが段違いです。石清水や賀茂臨時の祭は勅祭です。つまり勅祭に召されるような一流の名手たちが源氏の奉納する東遊には奉仕したわけです。それが可能になったのは、いうまでもなくこの時の光源氏が准太上天皇という地位に就いていたからでした。同じ光源氏の住吉参詣でも、源氏の地位や身分の違いによって参詣の格式の違いが明白に書き分けられている点には注意を払いたいところです。

ところで、光源氏のこういう栄華は実は明石入道の住吉神への長い祈願の賜物《たまもの》でもあったのでした。入道は娘の明石の君が生まれた時から、一門の繁栄と娘の高貴な人との結婚を住吉神に祈願し、毎年春と秋の二回参詣を続けていました。源氏と明石の君との結婚はそうした入道の祈願の最初の成就であり、明石姫君の誕生、そして入内、さらに皇子が誕生し、即位することまで、入道は祈っていたのです。一介の受領の願《がん》としては、それは身の程知らずの大それた大願でした。そういう大願でしたから、願ほどきは明石女御が国母になったときにおこなおうと源氏は考えました。物語では明石女御は中宮になるものの国母になるところまでは語られませんでしたから、入道の願ほどきは書かれませんが、もし国母になった明石中宮の願ほどきが行われたら、どのようなものになったのでしょうか。

❖中宮彰子の神郡寄進

ここでひとつ国母の願ほどきの例を紹介します。藤原道長の娘の彰子は一条天皇の中宮になり、後一条・後朱雀という二人の天皇の母として太皇太后になり、出家して上東門院と呼ばれましたが、その中宮彰子の敦成《あつひら》親王出産の記事は、誕生から産養《うぶやしない》、五十日《いか》の祝いまで、『紫式部日記』にたいへん詳しく書かれています。その敦成親王の即位を彰子は賀茂社に祈願し、即位できたら神郡を寄進すると願を立てました。これが後一条天皇です。

そういう寄進が実はたいへん煩雑な手続きや、やっかいな調整を要したものであったということを、土田直鎮《なおしげ》氏が「一条天皇の賀茂社行幸」（『奈良平安時代史研究』吉川弘文館所収）という論文でわかりやすく明らかにしています。

後一条天皇は長和五年（一〇一六）、九歳で即位します。願が成就したので、彰子は願ほどきをしなければなりませんが、約束通りの神郡寄進はどこにするか、その寄進地の手配を道長から命じられたのが右大臣藤原実資《ふじわらのさねすけ》でした。寄進地は山城の国の愛宕郡《おたぎぐん》にきまりますが、そこにはいろいろな役所の領地や、またいくつもの寺社の領地があり、それらを除外して残りを賀茂社に寄進することにします。その神郡の範囲の確定がまずやっかいなことでしたが、賀茂社は上と下に分かれているので、寄進地は均等にしなければならない。そういう神郡の範囲の確定や、上社、下社の配分の決定に当たっての煩雑な裁きを、実資はたいへん几帳面な政治家ですので、絵図や当事者からの申告を基にしていろいろと調べて成案を作ります。ここまでが大変やっかいなことですが、次にその案を太政官符という文書にまとめ、それを道長に見せて了解を得、そして「陣定《じんのさだめ》」という公卿の会議で承認してもらいます。こういう手続きをすべて完了して神郡寄進になるというわけです。

これが国母の彰子の神郡寄進の実例ですが、物語の明石中宮も国母になったときには、同様に住吉大社に神郡を寄進したのではないかと思われます。明石入道の大願は、国母でなければできないような、それほどの願ほどきを要するものであったと考えられるからです。源氏が二度目の住吉参詣で入道の願ほどきを先に延ばした理由はそこにあったのです。その時にはこの彰子の例のような手続きが踏まれたと考えなければならないでしょう。

二 『源氏物語』の深い宗教的な精神性

❖ 桐壺院の追善法要

ここで仏事にかかわる場面を見てみようと思います。仏事もまた華麗な行事として語られることが多いのですが、しかし、そこには出家を志向する過程で、あるいは出家後の生活の中で自己の内面に向き合い、徐々に宗教的な精神性を深めていく人々の様子がうかがえるように思います。

【法華八講】

次に引用するところは、「賢木」の巻の藤壺中宮が桐壺院の一周忌の法要のあとに、法華八講会《ほっけはっこうえ》をおこなうところです。物語では「御八講《みはこう》」といいます。

十二月十余日ばかり、中宮の御八講なり。いみじう尊し。日々に供養ぜさせたまふ御経よりはじめ、玉の軸、羅《ら》の表紙、帙簀《ぢす》の飾りも、世になきさまにととのへさせたまへり。さらぬことのきよらだに、世の常ならずおはしませば、ましてことわりなり。仏の御飾り、花机《はなづくゑ》の覆ひなどまで、まことの極楽思ひやらる。はじめの日は先帝《せんだい》の御料、次の日は母后《ははきさき》の御ため、またの日は院の御料、五巻の日なれば、上達部なども、世のつつましさをえしも憚りたまはで、いとあまた参りたまへり。今日の講師《かうじ》は心ことに選《え》らせたまへれば、薪《たきぎ》こるほどよりうち始め、同じういふ言の葉もいみじう尊し。親王《みこ》たちもさまざまの捧物《ほうもち》ささげてめぐりたまふに、大将殿の御用意などなほ似るものなし。（中略）はての日、わが御事を結願《けちぐわん》にて、世を背きたまふよし仏に申させたまふに、みな人々驚きたまひぬ。

（賢木巻）

桐壺院の亡くなったのは前年の十一月一日でしたので、その日に合わせて一周忌の「御国忌《みこっき》」がおこなわれたと語られますが、「御国忌」の具体的な行事には触れられません。それからひと月あまり後の十二月中旬に、藤壺中宮が御八講＝法華八講を催しました。

法華八講とは『法華経』八巻を一日に朝座と夕座の二回、毎回一巻ずつ四日間講読する法会で、だいたい追善供養のためにおこないました。五日にわたる場合もありました。藤壺主催の八講は四日間で初日は藤壺の父の先帝のために、二日目は先帝の皇后で藤壺の母のために、三日目は藤壺の夫であった桐壺院のためでしたが、すべて追善供養の法要です。

その三日目には、薪《たきぎ》の行道《ぎょうどう》という儀式がおこなわれ、特別に尊い日とされました。その理由はこの日に講読される『法華経』第五巻の「提婆品《だいばほん》」の話、すなわち提婆達多《だいばだった》という仙人から『法華経』の教えを受けるために、釈迦が薪を取ったり果物をささげたり、難行苦行したという話が大変尊重されていたからです。そういう話を詠んだ歌が行基作の次の歌です。

法華経をわが得しことは薪こり菜つみ水汲み仕へてぞ得し

（「拾遺和歌集」）

この歌を歌いながら、薪を背負ったり、水桶を持ったりして行道するのが「薪の行道」です。

その行道のときに、親王たちは「捧物」を持っていたとありますが、「捧物」がどのようなものかを知る上でよい参考資料があります。長和元年（一〇一二）五月に皇太后宮彰子が夫の一条天皇の一周忌の追善法要としておこなった法華八講について記す『御堂関白記《みどうかんぱくき》』（藤原道長の日記）や『小右記《しょうゆうき》』（藤原実資の日記）の記事です。ちなみにこの時の彰子の八講は十五日から十九日まで五日間おこなわれました。

捧物は金銀製の造花の菩提樹のような木の枝に捧げ物を結びつけたものですが、『御堂関白記』には「女房の捧物の風流は並びなきなり。（皇太后宮彰子の）御捧物は金百両、丁子《ちょうじ》（＝香料）。各々瑠璃の壺に入る」とあり、『小右記』には「上達部、殿上人の捧物、皆金銀ならざるなし。」、「捧物甚だ優美なり。金銀をもって風流となす」とあります。善を尽くし美を尽くす。この時道長は捧物が多いことを見越して、庭に舞台のような台をあらかじめ用意したとあります。法華八講で五巻の日が尊重され盛り上がった理由は、「薪の行道」の趣旨だけでなく、こういう豪勢な行道にもあったのでしょう。仏事もまた華麗な行事であったことがよくわかります。

そして最後の四日目に、藤壺は仏に自身の極楽往生への願いをこめて出家をすることを宣言したのでした。これは藤壺が誰にも相談せず一人で決断したことだったので、みなが驚きました。

法華八講とはこのような形式のものですが、ここでも注意しておきたいのは、これが贅美《ぜいび》をきわめた経《きょう》や調度品で飾られたことです。供養する経の装丁は、「玉の軸、羅の表紙、帙簀の飾りも世になきさまに」とあるように、まさしく見事な美術品でした。続いて、「仏の御飾り、花机の覆ひなどまで、まことの極楽思ひやらる」と書かれています。「仏の御飾り」とは仏像の装飾です。「花机の覆い」は、仏前に経文や仏具を載せる机の覆いですが、そういうものまでが極楽を想像させるようであったというわけです。

こういう法事のためにすばらしい装丁の経や調度品、捧物を準備することが、供養する人の心の深さを表わしているとされるわけですが、それとともにこういうところにも『源氏物語』の美学が表現されていると言ってよいでしょう。

【藤壺の出家】

ところで、藤壺はなぜ突然出家をしたのでしょうか。実は桐壺院が亡くなったあとも、光源氏は藤壺に恋い焦がれていましたので、藤壺に言い寄ります。藤壺はひじょうに賢く源氏を退けますが、そういう源氏の不埒な行動を二度と起こさせないためには出家するしかない、と考えたということが一つです。

もう一つは、源氏と藤壺とのあいだに生まれた不義の子、のちの冷泉帝ですが、現在は皇太子です。その皇太子冷泉の立場がひじょうに不安定になっていました。朱雀帝の外祖父の右大臣と母后の弘徽殿大后がこの皇太子の廃太子をひそかに画策していたのでした。藤壺はそういう政治状況の中で皇太子の地位を守るためには、自分が出家をして謹慎の態度を示すことが得策だろう、と考えたのでした。はたしてそれが有効かどうか、決め手はないものの、藤壺はそう考えたのでした。

これが藤壺の出家の理由として考えられるところで、その限りではきわめて現実的な理由であって、なにか精神的な救済を求めての出家、あるいは身に備わる罪障をつぐなうための出家という性格のものではありません。源氏との罪のつぐないを意識していたのかどうかも明らかではありません。出家はもっぱら当面する難局を乗り切るための現実的な理由からおこなわれたと考えざるをえませんが、しかし出家をすれば、そのあとはきちんと仏道修行に励むわけで、形だけの出家というものではありませんでした。そういう点では、俗世を捨てるという行為は、そのあとは仏道の生き方に沈潜するというように、切り替えはきちんとされています。

❖光源氏の生涯のトラウマ

こうして藤壺は出家しましたが、皇太子冷泉と光源氏を取り巻く政治状況は、きわめて不安定でした。そういう状況を承知していたはずなのに、源氏は藤壺が出家したあと、こともあろうに、最大の政敵である弘徽殿大后の妹で、朱雀帝の尚侍《ないしのかみ》の朧月夜《おぼろづきよ》と密会を重ねていました。尚侍は令制の後宮十二司のひとつである内侍《ないしの》司《つかさ》の長官で、天皇の秘書のような役目ですが、朧月夜は実質的な妃でした。朧月夜が体調を崩して父右大臣の邸に退出したときに、源氏は右大臣邸に忍んで密会し、その現場を右大臣に発見されてしまう、という事件が起こります。右大臣は怒るものの、事が事だけに内密に処理しようとしましたが、弘徽殿大后は帝をないがしろにする不埒な振る舞いと激怒し、光源氏を失脚させる好機と考え策をめぐらします。弘徽殿はこの件を表沙汰にして、光源氏を失脚させるために、妹朧月夜を犠牲にするのも厭わなかったのです。

光源氏は朧月夜との密会が発覚して、除名処分に処されたと解釈されています。これが通説ですが、私は一段軽い免官ではないかと考えています。こういう刑罰は「名例律《みょうれいりつ》」という法律の「除名《じょみょう》条」、「免官条」という条文に照らして判断しているものです。除名か免官か、どちらにしても源氏は官職と位を奪われたのでした。朧月夜も謹慎処分になり出仕を停止されます。その免官処分がさらに遠流《おんる》といった重い処分になるかもしれないという情報をつかんで、源氏は自分から須磨に退去することを決断します。それが「須磨」巻の物語です。

明日とての暮には、院の御墓拝みたてまつりたまふとて、北山へ参でたまふ。暁かけて月出づるころなれば、まづ入道の宮に参でたまふ。近き御簾《みす》の前に御座《おまし》まゐりて、御みづから聞こえさせたまふ。東宮《とうぐう》の御事を、いみじううしろめたきものに思ひきこえたまふ。かたみに心深きどちの御物語はた、よろづあはれまさりけんかし。

なつかしうめでたき御けはひの昔に変らぬに、つらかりし御心ばへもかすめ聞こえさせまほしけれど、今さらにうたてと思さるべし、わが御心にも、なかなかいまひときは乱れまさりぬべければ、念じ返して、ただ、「かく思ひかけぬ罪に当たりはべるも、思うたまへあはすることの一ふしになむ、空も恐ろしうはべる。惜しげなき身は亡きになしても、宮の御世だに事なくおはしまさば」とのみ聞こえたまふぞ、ことわりなるや。

（須磨巻）

源氏は須磨に下る前日に北山にある父の桐壺院のお墓に参拝しますが、その途中で藤壺――すでに出家しているので「入道の宮」と呼ばれます――を訪ねて別れの挨拶をします。むろんこれも人目を避けての訪問です。

久しぶりに藤壺に会うと、たいへんやさしくすばらしい様子は、出家したとはいえ昔と変わりません。源氏は「つらかりし御心ばへもかすめ聞こえさせまほし」と、藤壺の冷たい態度をお恨み申しあげたい思いがするというのですが、さすがに今はそんなことを言うときではないと思って、我慢をするというわけです。光源氏の恋物語のおもしろいところですが、注目したいのは次の言葉です。

「かく思ひかけぬ罪に当たりはべるも、思うたまへあはすることの一ふしになむ、空も恐ろしうはべる」――「このような思いもよらない罪にあたりましたことも、思い当たるただ一つのことゆえに、天の咎めも恐ろしゅうございます」と言うところです。思いも寄らない「罪」とは官位を剥奪された罪のこと、思い当たるただ一つのこととは、藤壺と密通して現在の東宮が生まれたということ以外にはありません。このように思いもかけない罪に当たったのは、藤壺との密通を天が咎めているのではないかと恐ろしい、と源氏は話しました。

この「空も恐ろしう」は今日の「空恐ろしい」――何となくおそろしいという意味ではありません。「薄雲」巻で冷泉帝に実の父は光源氏であると、出生の秘密を告げる僧都の言葉に、「天の眼《まなこ》恐ろしく思ひたまへらるることを」（「薄雲」）という言い方がされます。「天眼《てんげん》」は仏教でいう五眼のひとつで、梵天《ぼんてん》・帝釈天《たいしゃくてん》などの天界の諸仏の持つ眼で、遠近内外昼夜を問わずものごとを見通すことができるとされます。ここの「天の眼」はその意味です。帝が実父と知らずに光源氏を臣下としておくことに天罰がくだることが恐ろしいと、僧都は考えて真実を奏上するというのです。源氏と藤壺の密通は天眼によって見通されていたことであり、それを承知している僧都は帝のために真実を告げなければならないと言うのです。源氏が「空も恐ろしう」という「空」はこの天眼と同様の意味に取ってよいということです。世間はあざむくことができても、天眼をごまかすことはできない、という意識です。

似たような例として、柏木が女三の宮と密通した直後に、「大それた過ちを犯してしまった」と思って、「恐ろしく空恥づかしき心地して」と語られますが、この「空恥づかしき」も何となく恥ずかしいという意味ではなく、自分の所業を天眼に見通されているようで恥ずかしく思うというのです。このように「空」は天眼の意味で解釈するのがよいのですが、あるいは、もっと常識的に「天網恢々《てんもうかいかい》疎《そ》にして漏らさず」というような、中国古代の天の観念に則る考え方が融合しているのかもしれません。この諺は天の網は目があらいが、悪事を見逃すことはない、悪人は必ず天罰を受けるという意味です。

そのような源氏の恐れについて、藤壺もまた「みな思し知らるることにしあれば」（「須磨」）と、源氏の言うところをすべて了解していたのでした。藤壺は冷泉帝を懐妊したときからこの僧都に祈祷を依頼し、さらに源氏が須磨に下るときには、いよいよ恐れて重ねてかずかずの祈祷を依頼したと、僧都は冷泉帝に話しました。光源氏と藤壺にとってともにその「犯し」は深いトラウマになっていたと考えてよいと思います。多くは語られませんが、彼らが生涯抱え込んだ罪であったことはまちがいありません。

❖光源氏の無実の訴え

ところが、源氏は須磨に下向するにあたって終始無実であると主張しました。北山の桐壺院の墓に参る途中で、下賀茂神社に向かって次のような歌を詠みます。

うき世をば今ぞ別るるとどまらむ名をばただすの神にまかせて（須磨巻）

都を去る私にはいろいろな噂がのこるでしょうが、それは「ただすの神」におまかせしますというのです。下賀茂神社は糺《ただす》の森にあるので、私の噂は正邪をただすという糺の森の神におまかせしますという掛詞《かけことば》です。須磨に下るけれども自分は無実だという訴えです。

桐壺院のお墓に向かっても次のような歌を詠みます。

なきかげやいかが見るらむよそへつつながむる月も雲がくれぬる（須磨巻）

「亡き父は私をどのようにお思いだろうか、父かと思って眺める月も雲に隠れてしまいました」。この歌も藤壺との密通についてはそしらぬ顔をしていると考えるほかないでしょう。都落ちして行く私を父上はどうお思いでしょうかというところには、藤壺とのことは含まれていないでしょう。

須磨に下って一年が経ったころ、親友の昔の頭中将——いまは宰相の中将になっています——が須磨まで見舞いに来ました。そのときの源氏の歌は、

雲ちかく飛びかふ鶴《たづ》も空に見よわれは春日《はるひ》の曇りなき身ぞ（須磨巻）

自分には一点の曇りもない、潔白の身だと主張します。

三月上巳《じょうし》の祓えについては、先にも触れましたが、その祓えで、「舟にことごとしき人形《ひとがた》のせて流す」とあります。「ことごとしき人形」とは、等身大の「人形」だと解釈されていますが、等身大の「人形」というのは考古学的にも発掘例がないようです。そういうものすごく大きい「人形」が源氏の背負っている大きな罪や穢れをなでつけて流すのにはふさわしかったのでしょうか。そのときに詠んだ歌が次の歌です。

八百万《やほよろず》神もあはれと思ふらむ犯せる罪のそれとなければ（須磨巻）

「八百万の神々も私をかわいそうだと思ってくださるであろうか。私には犯した罪はないのだから」。

神々に無実を訴える歌を詠んだとたん、猛烈な暴風雨が襲い、嵐は二週間近く荒れ狂い、都では天変地異のために政務がとだえ、朱雀帝は仁王会《にんのうえ》という鎮護国家のための法会をおこなって嵐の鎮静を祈ったほどでした。

そういう中で源氏の供人たちは源氏の無実を住吉の神に祈りました。「源氏の君は楽しみにおごったことはあるが、深い慈悲の心から困苦に沈む者たちを多くお救いになった。にもかかわらず、今波風に溺れようとするのは何の報いか。天地の神々よ、理非を明らかにしてくだされ。無実の罪で官位をうばわれ、辺境の地にさすらい、命も尽きようとするのは前世の報いか、この世の犯しか、神仏がご照覧ならば、この苦難を鎮めてくだされ」というのです。

須磨に流謫したのは、直接的には朱雀帝の尚侍《ないしのかみ》の朧月夜との密会によって、官位を奪われたからでしたが、なぜこのように無実を主張するのか、その根拠は何だったのでしょうか。おそらく朧月夜事件で官位を剥奪されたことについては源氏は甘受していたと思われますが、弘徽殿大后が朱雀帝に対する謀反の罪で遠流にしようとしていることについて、自分は無実であると主張していたのではないかと思います。

❖光源氏のおそれ

こういう無実の主張の一方で、藤壺に対しては先にも見たように、「かく思ひかけぬ罪に当たりはべるも、思うたまへあはすることの一ふしになむ、空も恐ろしうはべる」と話していました。思いがけない罪に当たったのは藤壺との密通ゆえではないかと、「空」に対して恐ろしい、ということは、源氏は官位の剥奪という処罰を受けたことを、本当は藤壺との密通に対する天の咎め、天罰として捉えていたということになるでしょう。いうまでもなく、それは世間には断じて知られてはならない、隠し通す以外にはないことでしたが、内心では深く恐れていたのだと思われます。

そのような恐れの自覚が須磨の暮らしの根底にはあったように思われます。光源氏の須磨の暮らしは彼の生涯のなかで、唯一身辺に女性のいない、精進に明け暮れた禁欲的な生活を送った時期でした。文字どおり希有《けう》な時間でした。都の人々との文通のほかは、和歌を詠み、琴を掻き鳴らし、須磨の風景を絵に描き、絵日記を書き、「釈迦牟尼仏《しやかむにぶつ》の弟子」と名乗って経を読み、『白氏文集』を読み漢詩を口ずさみ、従者たちと管弦の遊びをし、あるいは碁や双六《すごろく》や弾棊《たぎ》（おはじきのような遊び）

に興じるというような暮らしでした。一見風流ではありますが、それが内省の時間にもなっていたと考えてよいと思います。源氏は須磨の暮らしを信じられない運命だと嘆き、眠られない冬の夜には、「夜深く御手水《おちやうず》まゐり、念誦《ねんず》などしたまふ」（「須磨」）と、夜の深いうちから身を清めて、仏道の勤行に専念するのですが、そういう時間が源氏に自分の運命や人生について思いをめぐらせることになったに違いありません。内省の時間とはそういう時間です。それは光源氏が新しい光源氏に生まれ変わるために、なくてはならない時間であったと思われます。

光源氏がこののち栄華をきわめる物語は生まれ変わった光源氏の姿を語っていたと捉えるのがよいでしょう。源氏は冷泉帝の後宮で旧頭中将《とうのちゅうじょう》の娘の弘徽殿女御（朱雀帝の母の弘徽殿大后とは別人）と、自分の後見する六条御息所の娘・斎宮女御とのあいだで絵合《えあわせ》をおこなわせました。両者が絵を出し合ってその優劣をきそう行事です。この絵合は単なる後宮の風流ではなく、絵の好きな冷泉帝の寵愛をあらそう意味がありました。結果は当然のように源氏の勝利に終わりますが、それは冷泉帝の後見者としての光源氏の立場を後宮においても強化するものにほかなりません。

光源氏の権勢の基盤はこうして盤石になっていきますが、そういう中で源氏は出家を考えるようになります。

大臣（源氏）ぞ、なほ常なきものに世をおぼして、いま少し（冷泉帝が）おとなびおはしますと見たてまつりて、なほ世を背きなむと深く思はすべかめる。

（絵合巻）

権勢の頂点に立ったとき、この世は無常であると思い出家を考えるというのは、これまでの光源氏には考えにくいことです。須磨に下る以前の源氏は父桐壺院の威光を当たり前のこととして、傍若無人で尊大な若者であったと言わざるをえません。それが今は自分の官位や声望は身に過ぎている、須磨明石に沈淪《ちんりん》した代わりにこの栄えもあるのだ、これ以上の栄華は寿命が心配だと考えるようになったのです。若くして栄華をきわめると、短命に終わるというような考え方です。盈虚《えいきょ》思想といわれる考え方ですが、権勢におごることをみずから誡める謙虚さは新しい光源氏の姿であるといえます。須磨の流謫を通過することで、源氏が成長したことを認めてよいのでしょう。

❖ 光源氏の晩年

【罪の自覚】

光源氏四十六歳の年に冷泉帝が譲位し、源氏の娘明石女御腹の外孫が新東宮に立ちました。光源氏家の繁栄は将来にわたって変わらないはずですが、この時源氏は冷泉帝に跡継ぎがいないことへの安堵と不満の複雑な思いにとらわれていました。

六条院は、おりゐたまひぬる冷泉院の御嗣《おおんつぎ》おはしまさぬを飽かず御心のうちにおぼす。同じ筋なれど、思ひ悩ましき御事なうて過ぐしたまへるばかりに、罪は隠れて、末の世まではえ伝ふまじかりける御宿世《おおんすくせ》、口惜しくさうざうしくおぼせど、人にのたまひあはせぬことなればいぶせくなむ。

（若菜下巻）

冷泉院に跡継ぎがいないのが残念だ。東宮は自分の血筋ではあるが、それはそれとして、冷泉帝の時代が憂慮すべき変事もなく過ぎたので、自分の罪（＝藤壺との罪）は世間に知られずにすんだものの、冷泉帝の皇統を末々まで伝えられなかった運命が無念で物足りない。しかし、それは誰にも話せることではないから気持ちが晴れない。

「思ひ悩ましき御事なうて過ぐしたまへるばかりに、罪は隠れて」という言葉に注意したいと思います。冷泉帝の治世が安泰であったために、自分の罪が表にあらわれることなくすんだという考え方には、理解しにくいところがあります。これは冷泉帝の治世に混乱や天変地異があれば、それは何が原因か、陰陽寮をはじめしかるべき者たちが理由をさぐり報告しなければなりません。そうなると、源氏としては、その変事は自分の罪が原因ではないか、天罰ではないかと深刻に悩んだに違いありません。冷泉帝の出生の秘密があばかれることまでは心配しなくとも、天眼を恐れたことでしょう。「罪は隠れて」という言葉には、そうならずにすんだことへの安堵があるはずなのです。

源氏にとって藤壺との罪は事あるごとによみがえり、深い恐れにさそう罪の記憶でした。生涯のトラウマという意味はそこにあります。女三の宮が柏木と密通したことを知ったとき、源氏は父桐壺院が自分と藤壺とのことを承知しながら、知らない振りをしていたのではないかと思って慄然としました。

故院の上(桐壺院)も、かく御心には知ろしめしてや、知らず顔をつくらせたまひけむ、思へば、その世のことこそは、いと恐ろしくあるまじき過ちなりけれと、近き例《ためし》をおぼすにぞ、恋の山路はえもどくまじき御心まじりける。

(若菜下巻)

源氏は柏木の事件を目の前にして、あらためて過去の自分の罪を「恐ろしくあるまじき」過ちとして自覚するのです。「過ちなりけれ」の「けれ」は気づきの「けり」という意味の助動詞です。過ちであることは承知していたが、あらためてその恐ろしさや、許されないことに気づいたという気持ちを強く示す助動詞です。自分の過去の罪を思うと、柏木を非難する資格が自分にはないと思うというのです。

【出家の願い】

光源氏は五十一歳の年に紫の上に先立たれます。それから一年半近く、源氏は邸にとじこもったまま見舞客には誰にも会わず、紫の上を追悼し、涙の日々を過ごしました。そういうなかで自分の人生や運命について、女房たちを相手に次のように述懐しました。

「この世につけては、飽かず思ふべきことをさをさあるまじう、高き身には生まれながら、また人よりことに口惜しき契りにもありけるかな、と思ふこと絶えず。世のはかなくうきを知らすべく、仏などのおきてたまへる身なるべし。それを強ひて知らぬ顔にながらふれば、かくいまはの夕べ近き末にいみじき事のとぢめを見つるに、宿世のほども、みづからの心の際も残りなく見はてて心やすきに、今なむつゆの絆《ほだし》なくなりにたるを、これかれ、かくて、ありしよりけに目馴らす人びとの今はとて行き別れむほどこそ、いま一際の心乱れぬべけれ。いとはかなしかし。わろかりける心のほどかな」とて、御目おし拭ひ隠したまふに紛れずやがてこぼるる御涙を見たてまつる人々、ましてせきとめむ方なし。

（幻巻）

現世では何不足のない高い身分に自分は生まれた。しかし、だれよりも不本意な運命であったという思いが絶えない。この世は無常でつらいということを悟らせようとして、仏がお決めになった身の上なのだろう。それをことさら素知らぬふりで過ごしてきたものだから、このように死期も近い晩年になって紫の上に先立たれるという悲しみの極みを味わった。自分の運命のつたなさも、自分の器量のほども、すべて見極めがついて気が楽になった。今はこの世に何の執着もなくなったが、前よりも親しくなったそなたたちと別れるときには、一段心が乱れることだろう。思い切りの悪い料簡《りょうけん》だ。

源氏は何を言おうとしているのでしょうか。分かりにくいところがありますが、言わんとするところは、自分の身はこの世が無常で憂愁にみちたものであることを、仏が教えようと定めた身であることが今は了解できたから、出家の決意がかたまったということでしょう。何不足ない高貴な身に生まれながら、「人よりことに口惜しき契り」――誰よりも不本意な運命であったという、この自覚は深く重い意味を持つように思われます。「口惜しき契り」が具体的に何をさすのかはっきりしませんが、何を意味するにしても余人の追随できない人生を生きた源氏が、自分の生涯をふりかえってこういう言い方をした意味は軽視できません。

じつはこの問題については、「若菜下」巻、「御法《みのり》」巻にも同じ内容のことが繰り返し語られており、しかもそれは源氏だけでなく、藤壺も紫の上も共に抱いていた思いであったということに、阿部秋生先生がはやくから注目していました。次のように述べています。物語のなかでもっとも華麗な生涯を送った三人が、「一様に口裏をあわせたように、世の人も、自分自身も、この世の栄華の限りを尽くしたことは認めるが、それにも拘わらず、わが生涯は憂愁の思いのたえぬものであった、といっていた」、これをどう考えればよいか。阿部先生はそれを「人間の宿命的な袋小路」を描いたものだと論じました（『光源氏論』東京大学出版会）。『源氏物語』は人生とは何か、生きるとは何かという問題を根底から問いかける文学になっていたのだと言ってよいでしょう。

光源氏じしん自分の人生とは何であったのかという問題に真正面から向き合っていたのです。そのときに行き着いた答えが「口惜しき契り」ということであり、その先にはこの世は無常で憂愁であると説く仏の教えが見据えられていたのです。光源氏は仏の教えにしたがって出家を人生の最後の課題として選びます。

その源氏の最後の歌が、つぎの歌です。

もの思ふと過ぐる月日も知らぬ間に年もわが世も今日や尽きぬる（幻巻）

もの思いをして、月日がたつのも知らないうちに、今年も、自分の生涯もきょうで終わってしまうのか。出家した光源氏は嵯峨野の御堂で仏道に専念する生活を送り、数年後に亡くなりました。五十代の半ばでした。

　光源氏の生涯をたどってくると、深い、内面的なまた宗教的な精神性という面が描き出されていると感じます。

本書は、〈京都学・東京プロジェクト２００６　京都の伝統文化講座〉の企画《『源氏物語』と京文化シリーズ》における講演を基に書籍化したものです。

〈京都学・東京プロジェクト２００６〉は、主催＝京都市、財団法人 大学コンソーシアム京都。協賛＝東海旅客鉄道株式会社、後援＝財団法人 ＪＲ東海生涯学習財団、企画運営＝株式会社ジェイアール東海エージェンシー。

◎口絵図版
源氏物語絵巻　柏木　（徳川美術館蔵）
源氏物語葵（車争）図屏風　（仁和寺蔵　金井杜道撮影）
源氏物語絵色紙帖　玉鬘　（@KYOTOMUSE 京都国立博物館蔵）

歴史都市・京都の創生を

～美しい日本の京都を守り、未来へ、世界へ～

京都創生とは、千二百年を超える歴史と文化が息づくまち・京都が持つ山紫水明の美しい自然や落ち着いた都市景観、受け継がれ磨き上げられてきた伝統文化などを、日本の歴史文化の象徴として守り、育てることで、歴史都市・京都の魅力にさらに磨きをかけ、併せてその素晴らしさを国内外に発信することを進めていく取組です。

京都市では、京都創生懇談会から「国家戦略としての京都創生の提言」（平成15年6月）を受け、市政の重要政策と位置付けて取り組んでいます。

また、京都創生の実現を応援する各界の有識者による「京都創生百人委員会」や、景観・文化・観光の分野で京都創生の取組に賛同し、自ら積極的に取り組む団体・個人による会員組織「京都創生推進フォーラム」が設立されるなど、京都創生の取組の輪は、広がりを見せています。

しかしながら、京都創生の実現のためには、国を挙げた取組が是非とも必要です。このため、京都市では「歴史都市・京都創生策Ⅱ」を策定し、国に対して提案・要望を行っていますが、何よりも国民の皆様の御理解が大切です。日本の財産、世界の宝とも言うべき歴史都市・京都の創生について、皆様の幅広い御支援、御協力をよろしくお願い致します。

〈京都創生策Ⅱに掲げた目標〉

景観：京都らしく美しい景観の保全、再生、創造

文化：永年の歴史に育まれてきた文化の継承と創造

観光：京都の都市資源を活かした魅力の創造と発信

源氏物語千年紀
紫のゆかり、ふたたび

京都市総合企画局政策推進室
TEL 075-222-3375

京都は大学・短期大学が多数集積しており、大学と地域社会、産業界との繋がりや大学相互の結びつきが育まれています。財団法人大学コンソーシアム京都は、教育事業、高大接続事業、学生交流事業、リエゾン事業、共同研究促進事業、大学教育改善のための調査研究など多様な事業を実施し、大学と地域社会・産業界、大学相互の結びつきを深め、我が国の学術研究と高等教育の発展に寄与しています。

大学コンソーシアム京都の主な事業

■単位互換制度とインターンシップ

他大学が提供する正規科目を受講し、修得した単位が自大学の単位として認定される制度です。一九九八年に全国に先駆けて開始しました。二〇〇七年度は、四六大学・短期大学が単位互換協定を締結し、五三五科目の提供科目に対し延べ一〇、一八六名が出願しました。また、六三〇名の学生が四一六の企業や行政機関、非営利組織でインターンシップに参加しました。

■「京都の大学『学び』フォーラム」と共同広報
(「京都ワンキャンパス」)事業

全ての加盟校が提供する特色ある「模擬授業」や「体験講座」などを通じて、高校生や保護者、先生に「京都の学び」を紹介する高大接続のプログラムです。多くの大学が集積している「大学・学生のまち京都」には、「単位互換制度」や「京都学生祭典」など、他地域にはない魅力と楽しさがあります。

■京都学生祭典

産官学地域連携のもとに、京都地域の学生が自主的に運営する祭典です。おどり、みこし、音楽、縁日などの様々な企画を催します。二〇〇七年度の祭典では、二一万五千人を動員することに成功し、京都三大祭に続くイベントとして浸透しはじめています。

■京都学術共同研究機構

「京都学」「二十一世紀学」「都市政策」の三分野の共同研究を独自に推進するとともに、その財政援助、若手研究者の育成、研究成果の発表などを行っています。また、市民への研究成果の還元を目的として市民講座(「プラザカレッジ講座」)の開講や「京都アカデミア叢書」の発行などに取り組んでいます。

財団法人　大学コンソーシアム京都
〒600-8216 京都市下京区西洞院通塩小路下る
キャンパスプラザ京都
電話：075-353-9100 ファックス：075-353-9101

ウェッジ選書　31

源氏物語 ―― におう、よそおう、いのる

2008年5月30日　第1刷発行

著　者 ………藤原 克己、三田村 雅子、日向 一雅、佐々木 和歌子

発行者 ………松本 怜子

発行所 ………株式会社ウェッジ
〒101-0047
東京都千代田区内神田 1-13-7　四国ビル6階
電話：03-5280-0528　FAX：03-5217-2661
http://www.wedge.co.jp/　振替 00160-2-410636

ブックデザイン…上野かおる

DTP組版 ……株式会社リリーフ・システムズ

印刷・製本所…図書印刷株式会社

※定価はカバーに表示してあります。　ISBN978-4-86310-022-0 C0395

ウェッジ選書

1 人生に座標軸を持て
松井孝典・三枝成彰・葛西敬之【共著】

2 地球温暖化の真実
住 明正【著】

3 遺伝子情報は人類に何を問うか
柳川弘志【著】

4 地球人口100億の世紀
大塚柳太郎・鬼頭 宏【共著】

5 免疫、その驚異のメカニズム
谷口 克【著】

6 中国全球化が世界を揺るがす
国分良成【編著】

7 緑色はホントに目にいいの？
深見輝明【著】

8 中西進と歩く万葉の大和路
中西 進【著】

9 西行と兼好——乱世を生きる知恵
小松和彦・松永伍一・久保田淳ほか【共著】

10 世界経済は危機を乗り越えるか
川勝平太【編著】

11 ヒト、この不思議な生き物はどこから来たのか
長谷川眞理子【編著】

12 菅原道真——詩人の運命
藤原克己【著】

13 ひとりひとりが築く新しい社会システム
加藤秀樹【編著】

14 〈食〉は病んでいるか——揺らぐ生存の条件
鷲田清一【編著】

15 脳はここまで解明された
合原一幸【編著】

16 宇宙はこうして誕生した
佐藤勝彦【編著】

17 万葉を旅する
中西 進【著】

18 巨大災害の時代を生き抜く
安田喜憲【編著】

19 西條八十と昭和の時代
筒井清忠【編著】

20 地球環境 危機からの脱出
レスター・ブラウンほか【共著】

21 宇宙で地球はたった一つの存在か
松井孝典【編著】

22 役行者と修験道——宗教はどこに始まったのか
久保田展弘【著】

23 病いに挑戦する先端医学
谷口 克【編著】

24 東京駅はこうして誕生した
林 章【著】

25 ゲノムはここまで解明された
斎藤成也【編著】

26 映画と写真は都市をどう描いたか
高橋世織【編著】

27 ヒトはなぜ病気になるのか
長谷川眞理子【著】

28 さらに進む地球温暖化
住 明正【著】

29 超大国アメリカの素顔
久保文明【編著】

30 宇宙に知的生命体は存在するのか
佐藤勝彦【編著】